GOBOOKS & SITAK GROUP©

GOBOOKS
& SITAK
GROUP©

三日月書版

三日月書版

聖殿騎士的暗夜征服
Author 初雲
Painter 四三
ER007
三日月書
The Night Conquest of the Knight

聖殿騎士的暗夜征服

The Night Conquest of the Knight

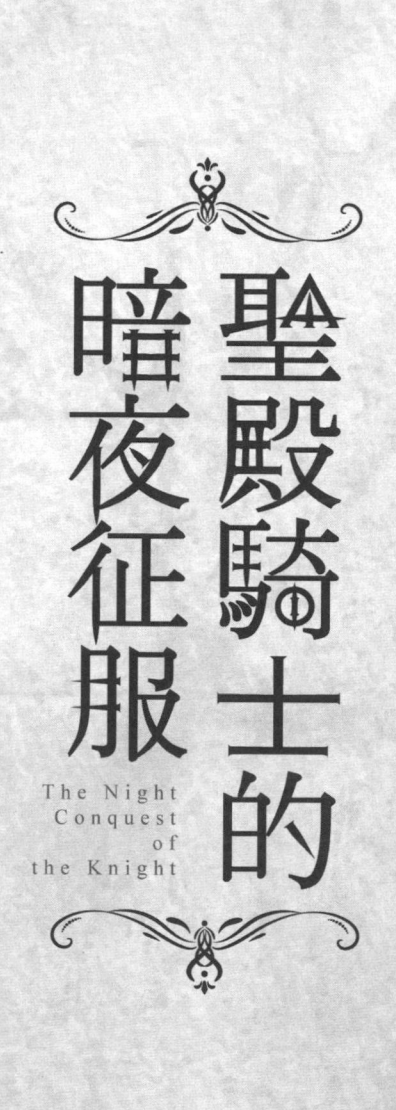

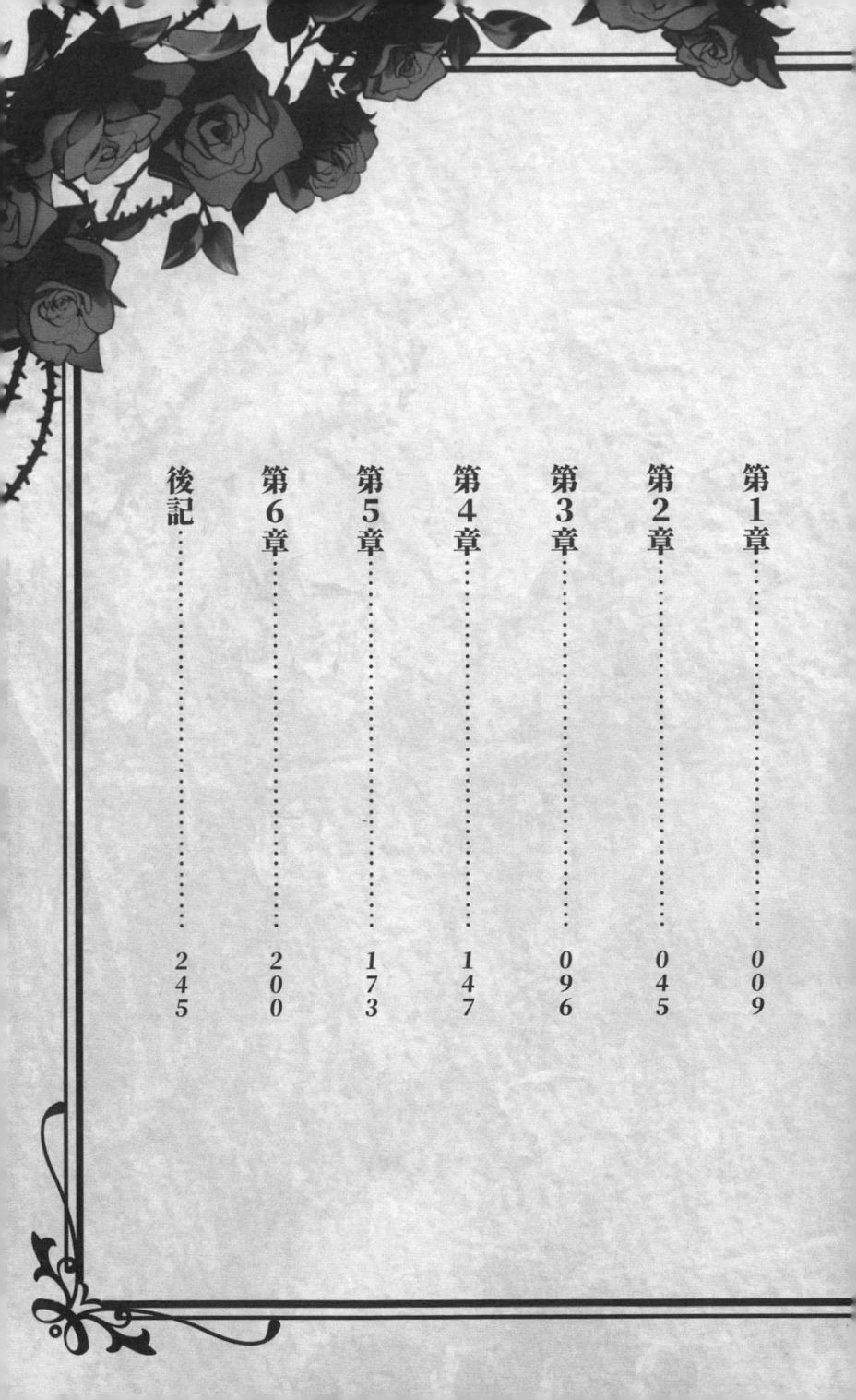

第1章

法雅閉著雙眼，但沒有睡著。

她雙手環抱著腿，額頭抵著膝蓋，將身體縮得極小，聽著其他牢房傳來的鼾聲和啜泣聲，強迫自己保持清醒。

她身上仍穿著離開伯爵宅邸時的裝束，但原本潔白的裙襬早已骯髒不堪。儘管如此，她並未任由自己跟著環境一起墮落，而是盡可能維持衣著整潔，面對地牢裡最底層的守衛也保持著禮貌，並在接過餐食時朝他們表達謝意。

這些微小的習慣，使她有別於其他被關在此處的女性，也讓地牢的守衛們開始對她感到好奇。

「……聽說妳原本在貴族府邸裡工作？」

一個年輕的守衛在某次為她送餐時，忍不住好奇地打量她。

她點點頭，接過只裝著一小塊麵包的碗，輕聲道謝。

「小心拿。」他把另一碗水遞給她，目光放在她身上，刻意放低音量道，「聽說指控妳的是個貴族？」

法雅的眼裡閃過不安，輕輕點點頭。

「沒事，現在這個時間看守地牢的只有我。」守衛說，「發生了什麼事？妳看起來一點也不像是魔女啊。」

她隔著柵欄，朝他露出一抹黯淡的微笑。

「我原本在伯爵宅邸工作，負責照顧卡特伯爵的生活起居，但我無意間惹怒了不該惹的人……」

「怎麼說？」

「伯爵近日越來越虛弱，因此他提前立下了遺囑，並且慷慨地把我的名字也列入繼承者名單中，給了我一大筆財富。」

「看來伯爵的家人不太高興？」

「是的。」她低下頭。

守衛看著她的模樣，眼裡流露一絲同情。

被關進這座地牢的女性，都是被人指控為魔女的女子，其中各種稀奇古怪的理由都有。作為管理地牢的守衛，他早已習慣不斷有女人被送到這裡，也懶得一一過問她們被審判庭定罪的理由，反正早晚她們都會被送上火刑臺，但眼前這女孩從被送進來的那天開始，就顯得有些特別。

她既不吵也不鬧，被推入牢房時沒有歇斯底里地大哭，也不曾瘋狂為自己的清白辯解。被送來超過兩週的女子臉上，常有一種混雜絕望和自我放棄的麻木神情，但她完全沒有這樣的表現。她只是靜靜坐著，若有所思地看著來去的守衛，夜晚也幾乎不曾躺下，而是選擇坐著入睡。

根據送她過來的異端審判官所述，她的罪名是「與惡魔交易」、「蠱惑人心」以及「詐取錢財」。不尋常的是，舉發她的人是一名貴族，這在所有指控魔女的案件中實屬罕見。

目前為止，他所知的事情始末與女孩告訴他的吻合，多少證明她沒有編造故事。但……誰知道呢？也許她真的是魔女，因為他光是和她談話幾分鐘，就開始同情這女孩了。

「你是不是常常胸痛？」

法雅忽然開口這麼問，嚇了他一跳。

「妳怎麼知道？」他皺起眉，奇怪地看著她。

「我常常看到你按著這裡。」她指了指自己的胸口處，「這裡是不是常覺得悶悶熱熱的，或是好像有東西卡住的感覺？」

「妳看得可真仔細。」守衛眉頭皺得更深，警覺地問，「妳認得每一個守衛嗎？」

「我認得為我送過飯的人。」她說，「而且我的牢房接近樓梯，你們經常經過這裡。」

守衛回頭看了看，發現她說得沒錯，她被安排在最接近樓梯的牢房，這裡離守衛休息的地方最近，多數時候光源充足，如果她保持清醒，每天都能看到他們來回從她牢房前走過好幾次。

「你的胸痛多久了呢？」法雅以無害的語氣接續問。

他瞥了一眼隔在他們之間的柵欄，朝她聳了聳肩，「我這樣子好幾年了，但教廷的醫生都說我胸口沒事。」

「我想這不是胸腔的問題，而是胃的關係。」她說，「不要喝太多酒或茶，吃飽之後不要立刻睡覺，如果非要躺下來不可的話，左側朝下的側躺姿勢會比較好。」

守衛瞪著她，表情從驚訝逐漸轉為狐疑，「妳會為人看病？」

「我的工作是照顧伯爵，記得嗎？」她露出柔和的微笑，「小時候，我曾跟在一位老醫生身邊學習，照顧過各式各樣的病人，學會了一些平常人不知道的事，若不是這樣，我不可能得到照顧貴族的工作。」

守衛半信半疑地點頭，終於問出長久以來一直想問的問題：「……我這樣的症狀會死嗎？」

「不會的，伯爵之前也有這樣的症狀，我開始照顧他之後就好了很多，幾乎不再胃痛。」她說，「照我剛才說的試試，我想你的情況也會有所改善的。」

守衛點點頭，「妳說的這種症狀，有名稱嗎？」

「有的，我們通常稱之為胃食道逆流。」

他喃喃地覆述著這個新名詞，帶著奇怪的表情轉身離開。

自從那次交談後，開始有其他守衛會在輪職時跑來法雅的牢房前，拿一些教廷醫生沒能解決的問題問她。

無論再奇怪的疑難雜症，她都能給出解釋和改善方法，甚至有守衛提到他的妻子是教廷城堡的洗衣女工，為布滿凍瘡的手所苦時，她也能給出治療的建議。

法雅的名聲開始漸漸在守衛間傳開。

某天深夜，守衛們如常換班時，其中一名守衛忽然踩空了樓梯，從階梯頂上一路滾下來，倒在樓梯底部失去意識。

法雅被吵雜的聲音驚醒，抬頭便看見好幾個守衛七手八腳要抬起昏迷的同僚。她立刻制止他們，請他們按照她所說的方式照顧他，直到教廷的醫生趕來地牢。

等醫生處理完傷患後，忍不住誇獎守衛們處理得當，沒有讓傷患的傷勢因錯誤的移動惡化，守衛便提到了她的名字，順帶說了她的來歷和事蹟。

那位醫生嚴肅地聽完後，立刻轉身大步來到她的牢房前。

「妳好，我是卡爾醫生。」

她愣了愣，連忙起身，低頭朝他行了一禮，「您好，我是法雅。」

醫生隔著柵欄觀察她，看見火把的光線映照出少女秀氣的臉龐和柔順的金髮。她看起來溫和且無害，身上的衣著乾淨整潔，和他印象中的魔女嫌疑人很不一樣。

「據說妳曾為伯爵工作過？」

「是的。」

「妳曾照料過傷患嗎？」

她點點頭，「我曾擔任過醫生的助手，有照顧過幾位重傷的病患……」

醫生沉默地凝視她，表情深不可測，點點頭便離開地牢。

在那之後，法雅沒再看過那位卡爾醫生。

不知不覺，她被送入地牢已過了一個月。

法雅在夜晚寒冷的地面上，將自己縮得更緊。自從被送進地牢後，她就不斷提醒自己，絕不能死在這裡。

為了活下去，即使是最絕望的時刻，她都沒有忘記該有的舉止，她讓自己時刻保持乾淨和禮儀，配得上她「照顧過伯爵」的身分；她觀察每一個地牢裡的守衛，暗自記住他們的名字，把握每一次和他們交談的機會，告訴腰痛的詹姆如何改變站姿，治好了有咳嗽宿疾的喬治，幫大衛的妻子改善雙手的凍瘡，並且引起卡爾醫生的注意。

每一件事她都認真應對，希望這些微不足道的小事能成為拯救她離開此處的「鑰匙」，倘若不懷抱這樣的希望，打從第一天就會像其他被關入此處的女子一樣崩潰。

不，她絕不能崩潰……她的弟弟需要她，她是他在這世上唯一的依靠，她必須活下來，絕不能被教廷當成魔女送上火刑臺。

不知道彼得現在過得如何？是否因為她消失而擔心呢？她被教廷的審判官帶離伯爵

宅邸時，他們完全不給她回家一趟的機會，更沒有給她為自己辯解的時間。

唯一值得慶幸的是，她上一次領薪水後，一口氣預付了三個月的房租，所以即使沒有回去，房東太太暫時也不會把彼得趕出去。

親愛的彼得……如果她回不去了，他該怎麼辦？

法雅在腦中描繪著弟弟的模樣，完全沒聽見牢房外傳來腳步聲，直到有光芒照到她身上。

她驚訝地抬起頭，發現兩個男人站在牢房外，法雅連忙起身，旋即因為蜷縮身體太久而感到不適。她扶住牆壁，認出其中一個男人是卡爾醫生，另一個男人似乎是教廷的神職人員，她無法從他的衣著分辨出他的身分，直到醫生稱呼他為主教時，她才大吃一驚。

主教親自來到地牢？

她震驚地看著身形高大、有著一頭黑髮與黑色鬍子的男人。他比頭髮花白的卡爾醫生年輕一些，臉上卻彷彿歷經滄桑，充滿了不怒自威的威嚴。據她對教廷的了解，主教應該是教廷中地位僅次於教皇的人，為什麼會在這種時候……

「大人，這就是我向您提過的女孩。」卡爾醫生說。

法雅感覺到主教打量的目光落在她身上。

「晚安。」她輕聲問候，努力不讓自己的聲音透出顫抖，「請問有什麼我能幫忙的嗎？」

主教的臉上沒有顯露出任何表情，緩緩開口：「審判庭調查過妳的事蹟，他們相信妳掌握某種『能力』，好幾位垂死的病人經過妳的照顧後，不僅奇蹟似康復，還紛紛表示願意將大筆財產交給妳，包括最近決定將部分遺產留給妳的卡特伯爵。」

一股冰冷的恐懼猛然襲向法雅，讓她本能地想為自己辯解，但在開口前，一股異樣的感覺讓她突然停了下來。

像主教這樣地位崇高的人，不會在深夜特地來到地牢裡，就為了宣告她的死刑。那些針對她的指控存有很大程度的誇大，極有可能讓她被送上火刑臺，然而此時此刻，她意識到這些事蹟很有可能成為救自己一命的關鍵。

「……教廷中有需要照顧的人嗎？」

她謹慎地如此詢問後，發現主教和醫生交換了一個眼神，證明她的猜測沒有錯得太多。

法雅立刻說：「如您所知，我的專長便是照顧病人，若您和教廷有任何需要，我非常願意效勞。」

「需要妳的不是病人。」卡爾醫生說，「是傷患。」

她皺起眉，「他受了什麼傷？」

回答她的是一片沉默。

卡爾醫生看向主教，而主教則面色凝重地望著法雅。她立刻明白主教在猶豫，猶豫是否要借助「魔女」的她之手去救治傷患。

然而，主教會和醫生一起出現在這種地方，而且還是在這樣的深夜，顯示傷患的情況非常嚴重，而且教廷裡所有的醫生都束手無策。

「我曾經跟著經驗老道的醫生學習。」法雅說，「我們面對過各種不同種類的疾病和創傷，因此我或許能提供一些和教廷醫生不太一樣的治療建議……可以的話，我能見一見這位傷患嗎？」

主教沉吟良久，終於朝卡爾醫生打了個手勢。

醫生立刻喚來守衛，打開法雅的牢房。

在門開啟的剎那，法雅幾乎哭了出來，立刻低下頭掩飾內心的情緒。

她此刻的模樣看在主教與醫生眼中，顯得格外乖順柔弱，一如他們從守衛口中聽說的，她確實有別於其他被判有罪的魔女，那俯首垂眸的模樣，看起來就是一位為貴族工作，受過專業訓練且懂得安守本分的女性。

若非伯爵之子對她指證歷歷，加上其他貴族也出面證明，每一位受過她照顧的年邁貴族，最後都願意給她遠超過看護應得的酬勞，否則光憑法雅的外表，他們很難看出她擁有任何不尋常的魔力。

主教在心裡暗想，這就是魔女最可怕之處。她們混在社會中，與惡魔勾結、散布邪念與罪孽，甚至能佯裝成普通女性的模樣，從無辜之人手中謀取巨大利益，既邪惡又狡猾。

然而此刻，除了冀望她以外，他們已經沒有其他選擇。

法雅跟著兩人一步出地牢，立刻有人上前蒙上她的眼睛。她順從地任他們擺布，心裡對於這位傷患的身分越發好奇。除了教皇以外，她想不到還有誰會讓教廷如此緊張，甚至連傷患的位置也不能洩漏？

等他們好不容易抵達時，她感覺自己被推入一個悶熱的空間，空氣中有著難聞陳腐的味道。

眼罩被取下後，她睜開眼，發現自己置身在一間布置簡潔卻透出高貴的房間中。一座巨大的壁爐裡燒著柴火，照出房間中央床上的人影。

她轉過身，看見卡爾醫生和主教站在她身後的門邊，顯然正在觀察她。

她小心地邁開步伐，緩緩朝床邊走過去，注意力逐漸被傷患吸引。

男子傷得非常重，幾乎全身都纏滿繃帶，臉也被繃帶覆蓋，只留下鼻子和嘴巴露在外面。依據身形判斷，他應該是個體態強壯的青年，顯然與傳聞中年近百歲的教皇不同，但她沒有詢問他的身分，而是輕輕握住他垂在身側的手。

他的手毫無生氣，皮膚的顏色接近死白，脈搏也非常微弱。但當法雅碰觸他的掌心時，發覺他的掌中尚有微溫，並非垂死之人會有的冰冷，這意味著他的身體仍保持著最低限度的運轉，雖然沒人能保證這能維持多久。

有那麼一會，她專心地檢查他的傷勢，完全忘了自己的處境。依照他被包紮的方式來看，他的幾根肋骨斷了，右腿顯然嚴重骨折，右側肩膀不確定是骨折還是脫臼，且明顯傷到了頭部。但她最擔心的是看不見的傷。若斷裂的肋骨傷到重要的器官，或是頭部遭到無法復原的重創，那麼無論她做什麼，死亡遲早都會降臨。

「他是怎麼受傷的？」她輕聲問。

「從馬上摔下來。」卡爾醫生說。

法雅露出驚訝的表情，差點回過頭去，但她即時忍住，只發出輕微的應答聲。

他們或許覺得她看不出來，但她照顧過墜馬的人，明白單純墜馬不可能這麼嚴重，尤其男子的體格看起來像是經過長年鍛鍊的騎士，不可能沒有接受過墜馬後如何正確著地的訓練。

雖然感到困惑，但她沒打算再追問。讓他們低估她的能力，或許能提高她逃走的機會。

「他受傷多久了？」她轉而問道。

「大約一個月前被送回教廷，之後一直昏迷不醒。」

這顯示他是在教廷外的地方受傷的，而且可能當時正在執行教廷的祕密任務，所以他們才會隱瞞他受傷的原因？

種種跡象顯示，男子對教廷而言非常重要，重要到即使要從地牢找來魔女也要挽救他性命的程度。

但問題是，法雅不確定自己能不能救活他。她沒有見過這麼重的傷勢，而且治療傷患並不是她最擅長的事情。她大部分的時間都在為久病不起、被親人忽視，且生活難以自理的年邁貴族工作，因為他們能給出大筆酬勞，而她需要很多錢，才能為身體孱弱的弟弟治病。因此她擅長處理的是纏身許久卻不致死的疾病，而沒有具備太多的外傷知識。

儘管如此，她仍能看出，床上的這個陌生人被照顧得並不好。整個房間瀰漫著死亡的氣息，彷彿照顧他的人早已放棄救活他的可能性。她為他感到一絲難過，一個身受重傷的騎士不該擁有這樣的待遇。

「目前有誰在照顧他呢？」她問。

「伯曼醫生以及一個女僕。」回答的是卡爾醫生，「伯曼醫生是教廷中最優秀的醫生。」

法雅環顧病房，沒有在房裡看到醫生和女僕。

「他們一般是什麼時候來照顧他？」

「女僕每天早上會過來，伯曼醫生的患者比較多，大約三天來巡視一次。」

她鬆開他的手，難以置信地回過身說：「他受了這麼重的傷，應該需要全天候的照顧！」

她的反應似乎嚇到了主教和卡爾醫生，兩人一起詫異地瞪著她。

法雅稍稍放低了聲音，壓抑怒氣道：「他需要更好的待遇，如果你們希望他活下來，最好撤換掉照顧者。」

「妳能救回他嗎？」主教挑起濃黑的眉，直說重點。

「我不敢保證，但如果交給我照顧，我發誓會盡全力，並時時為他祈禱，希望神能幫助他。」

她的語氣因為生氣而顯得冰冷，看見一個傷患被如此疏忽，沒有一個治療者會不生氣。

「很好。」主教指示，「既然教廷群醫束手無策，接下來就由妳來照顧他吧。」

法雅凝視主教的臉，「但我該以什麼身分照料他？」

一個魔女？

她沒問出口的疑問，懸宕在三人之間。

主教搖搖頭，面露疲憊道：「身分不是問題。根據我們對妳的了解，妳應該未婚？」

她點頭，隨即便聽見主教說：「在教廷中，未婚女子不該單獨照料成年男子，因此我們會安排，讓妳以教皇賞賜給他的『妻子』身分照料他。」

什麼？

她驀然睜大雙眼，主教則繼續說下去：「若妳能治好他，妳將獲得寬恕，免除妳的死刑。」

她看見主教朝她揚起眉，那表情彷彿在說「我只給妳一次機會，只有一次」。

法雅立刻將差點說出口的話嚥回去，明白自己不能拒絕這樣的提議。這是她唯一能活著離開教廷的方法，即使這意味著她將成為一個垂死陌生人的妻子。

「……謝謝您，我會遵從您的安排盡我所能照顧他，但我要求先知道這位傷患……我的丈夫的名字和身分。」

「布萊恩。」卡爾醫生回答，「他是聖殿騎士團的團長。」

他的語氣中帶有一絲尊敬和嚴肅，「妳應該知道這意味著他是教廷中最高階、最神聖，也最強大的騎士。」

她安靜地點頭心想，但你們卻任由重傷的他躺在這裡，甚至連讓醫生盡心照顧也做不到。

「謝謝您。」她說，「接下來要在這裡全天候照顧他的話，我是否能要求有一張自己的床？」

主教低聲朝醫生示意，隨即離開房間。

卡爾醫生帶著法雅打開房間側邊的小門，她才發覺門後竟通往另一間格局更小的臥房，裡面有張小床，並有另一扇門通往浴室。這已經遠遠超過她的期待，不只有床鋪，還擁有自己的房間，待遇已堪比伯爵宅邸。

他們回到布萊恩所在的房間後，卡爾醫生說：「由於妳目前仍是審判庭監管的魔女嫌疑人，所以妳不能踏出這扇門。」

他指了指方才她被蒙面帶進來的那一扇門。

「主教會派守衛在門外輪班駐守，若有什麼需要，妳可以告訴他們。」

她想了想，問：「如果我需要幫布萊恩換洗床單，或是需要為他準備特殊的食物，也是告訴守衛嗎？」

「沒錯，早晨時女僕也會來幫忙。」醫生說，「待會我會讓人送一些乾淨的衣服過來，之後我和主教不定時會來看看你們。」

「好的，謝謝您。」

送走卡爾醫生後，法雅看見門外的兩位守衛朝她眨眼。居然是之前在地牢的同一批守衛？礙於此時醫生尚未走遠，所以她並未和他們多加交談，僅僅朝他們點頭致意便關上門，心裡因為見到熟面孔而感到一絲安心。

她緩步回到布萊恩身邊，將手心放在他纏滿繃帶的胸口上，感受他微弱的呼吸和隱約的心跳。

「活下來。」她輕聲對他說。

現在她和弟弟是否能活命，只能依賴他了。她靜靜陪在男子身邊一會，在心裡為他默默祈禱，直到一個睡眼惺忪的女僕送來了一疊白色的衣物和圍裙給她，她才步入浴室，洗去在地牢裡累積的汙垢、疲憊與恐懼，然後拖著幾乎失去知覺的身體，倒入屬於她的小床。

布萊恩醒來時，痛恨地發現自己依然被困在疼痛與黑暗當中，渾身動彈不得，什麼也看不到，也發不出聲音。

過去數日，他不斷在這樣的情況下醒來，但維持不久又陷入昏睡。他的意識在白光與黑暗中徘徊，一如被死神遺忘的亡魂。

每一次見到白光時，他都能感受到光芒中散發出寧靜祥和的氛圍，他猜想那便是死後的世界，但他始終無法進入光芒當中，每當他嘗試讓意識脫離身體，便會發現自己再度醒來，且依然被困在殘破的軀體之中。

他不明白為什麼神不讓他乾脆死去，從受傷的當下，他便知道自己沒救了。身體受到太大的損害，他能清楚聽見自身骨頭斷裂的聲音，感覺鮮血從每個傷口不斷湧出，連呼吸都彷彿胸膛著火般痛苦萬分。即使最後僥倖撿回一命，也絕對會變成殘廢，而他一點也不想這樣度過餘生。

他並不貪生也不怕死，受了這樣重的傷，死亡對他而言反而是一種解脫。

根據聖殿騎士團的誓約，他的手下應當要在第一時間趕來傷重的他身邊，以劍了結他的痛苦，但他沒有等到他的伙伴。那些不可理喻的教廷人員將他拖離現場，喚來醫者執意救活他，於是他被強迫留在最痛苦的時刻，無法像個英雄一樣乾脆死去，而是像個敗者一樣狼狽地被抬上擔架。

他知道自己被帶上顛簸的馬車，每一次醒來都痛不欲生，身邊圍繞著教廷人員和來來去去的醫生，最後他被安置在一張床上，身上和頭上纏滿繃帶，被人任意擺布卻無力反抗。

他們從不為他更換床單，甚至連繃帶也極少更換，整個房裡散發悶熱和難聞的氣息。他每一次醒來都厭煩地想，為什麼自己還活著，這張床比起病床，更接近停屍間的木板，而他在這裡嚥下最後一口氣是遲早的事。

如果神存在，為何不乾脆讓他解脫？

一個笨重的聲音接近床畔，接著一雙粗魯的手開始拆他手臂上的繃帶。他在內心發出呻吟，聞到了她身上混著廉價肥皂與汗臭的味道。她叫瑪莉，是主要負責照護他的女僕，她對教廷的醫生畢恭畢敬，但只要醫生一走就立刻恢復懶散的原形。他厭惡她用手碰他，而瑪莉顯然也厭惡照料垂死的傷患。

負責治療他的伯曼醫生是教廷裡位高權重的名醫，但並未和騎士團有所往來，所以布萊恩不認識他。自從被送來這裡後，布萊恩對於名醫的定義開始感到懷疑，他寧可他們把他送回騎士團，他的手下知道他真正需要的是在脖子上抹一刀，而不是讓他苟延殘喘地繼續受苦。

瑪莉這時不知做了什麼，他只感覺肩膀突然一陣劇痛，疼痛沿著肌肉牽動了手臂，使他猛然揮開她。瑪莉被他撞個正著，發出一聲尖叫，接著床邊傳來打翻鐵盤和瓶罐碎裂一地的聲音，伴隨她憤怒的咒罵聲。

「瑪莉，讓我來吧。」

一個全然陌生的少女聲音忽然響起。

布萊恩吃驚地發現有其他人在房裡，接著感覺一雙手溫柔地握住他劇痛的肩膀，輕輕拉開他錯位的骨骼，一陣令他麻痺的痠痛突然竄過骨髓，接著那股折磨他的鈍痛居然一下子減輕了。

天啊……若不是他乾涸的喉嚨發不出聲音，肯定會逸出如釋重負的呻吟。

那雙溫柔的手離開他的肩膀後，仔細檢查了其他傷處，確認沒有牽動到其他傷口後，她轉向他另一隻手臂，鬆開他手臂和胸口上的繃帶。

繃帶一解開，他的呼吸立刻變得輕鬆許多。

她的手評估似的輕輕按住他的胸膛，每隔幾秒便往旁邊移動並再次按住，似乎在確認他的傷勢。

瑪莉在床邊一邊嘀咕一邊收拾瓶罐：「等伯曼醫生來，看到他胸口繃帶解開的話，鐵定會很不高興。」

「沒事的，我等一下會幫他重新包紮。」陌生的少女輕柔但堅定地回答。她的嗓音像溫潤的木質樂器一樣，溫暖且帶著奇異的撫慰效果。

等她檢查完之後，雙手輕輕抽離他身上，接著毫不猶豫地離開床邊。

他的意識追隨她移動，發覺她不是走向門口，而是走向完全相反的方向，據他所知那裡什麼都沒有。然而，突然間——她似乎推開了一扇窗。

清涼的風瞬間灌入房內，帶動凝滯的空氣，吹散了房內陳腐的氣息。布萊恩感覺自己的肺部因為驟然吸入冰冷的空氣而微微刺痛，但再一次呼吸時，新鮮的空氣和窗外樹葉的氣息，令他的身體欣然輕顫，像是瀕臨窒息的魚終於被放回乾淨的水裡。

「法雅小姐！」瑪莉用斥責和焦慮的語氣道，「快把窗戶關上！伯曼醫生說外頭的冷風會讓他惡化！」

法雅？布萊恩驚訝地抓住這陌生的名字，確信自己不曾在教廷中聽過她。

「不會的，新鮮的空氣對他有幫助。」法雅站在窗邊回答，「妳看，他的呼吸變得更順暢了。」

「我看不出來，我只知道妳會害死他。」瑪莉嘟囔著說。

不，她不會。布萊恩在心裡不可思議地想道。

不知道為什麼，法雅似乎知道他真正需要什麼，她才出現短短幾分鐘，就將他的處境大幅改善，在她推開那扇窗之前，他甚至不知道這間房間有窗戶。

無論她是誰，他只希望她留下來，要付出多少代價他都願意。

「這是怎麼回事？」

伯曼醫生的聲音猛然出現在房門口，隨即布萊恩聽見他大步踏入房內，嚴厲地怒斥道：「愚蠢的女人！快把窗戶關上！」

「是法雅小姐開的！」瑪莉立刻撇清責任，「我阻止過她！我真的阻止過！」

「是的，是我堅持開窗的。」法雅說，語氣柔和卻堅定。

「我不管是妳們哪個白痴開的，還不快關上！想讓他死於風寒嗎？」

「這間房間太悶了，他需要乾淨的空氣。」

「乾淨的空氣？」伯曼醫生的語氣無比輕蔑，甚至帶著明顯的嘲諷，「究竟妳是醫生，還是我是醫生？」

瑪莉在床邊嚇得噤聲，法雅也陷入安靜。

布萊恩在心裡暗暗為法雅擔心。她的聲音聽起來很年輕，在伯曼醫生這樣位高權重的男性長者威壓底下，極度可能屈服。

布萊恩希望她能堅持讓窗戶保持開啟，在呼吸到新鮮空氣後，他再也無法忍受吸入那混濁惡劣的空氣，但此刻只能仰賴她。

「我不是醫生。」法雅終於開口，語氣和緩溫順。

她要放棄了。布萊恩剛這樣想，便聽見她說：「但我是布萊恩的妻子，所以在他意識清醒之前，這裡將由我作主。」

「妻子！」伯曼醫生的聲音瞬間拔高。

不只醫生，連布萊恩本人也大吃一驚。

她是他的妻子？他怎麼可能會有妻子！

「就是這麼回事。」法雅溫柔且微帶歉意道，「勞煩醫生您照料我的丈夫，非常感謝，但我希望他能呼吸乾淨的空氣，所以窗戶暫時先保持開啟吧。」

「太荒謬了！簡直太荒謬了！」伯曼醫生慍怒地說，「妳若希望他能康復，最好照我的話做！」

「我只是希望我的丈夫能舒服一點，待會我為他擦澡時，我會關上窗戶的。」

「擦澡！」伯曼醫生的聲音讓布萊恩輕易聯想到吹鬍子瞪眼睛的老人，「妳這個無知的女人，水會讓他生病！妳嫌他不夠虛弱嗎？還是妳想早點當寡婦？」

「沒有，我和您一樣想治好他。」法雅說。

「但妳在妨礙我，而且拿他的性命當兒戲！這樣我無法繼續為他治療！」伯曼醫生邊說邊往門口走，顯然想以離開威脅她。

法雅沒有挽留他，只有瑪莉驚恐地說：「伯曼醫生，不要丟下我！」

但兩個女孩都待在床邊，沒有人追上去。伯曼醫生似乎感覺自己的權威被嚴重蔑視，因而更加火大。

「你們都瘋了！卡爾，這女人究竟從哪來的？」醫生朝始終靜靜站在門邊的人吼道，「直到昨天，我都沒聽過布萊恩團長有妻子！」

「這是主教的安排。」卡爾醫生溫和地應答，「她是教皇賞賜給英勇作戰的布萊恩團長的女子，據我所知她相當擅長照顧傷患。」

「照顧傷患？在我看來她遲早會害死他！」伯曼醫生怒道，「他這種傷勢，大概只有跟惡魔交易的魔女才有辦法治好！」

「注意你的用詞，伯曼醫生。我送你出去。」語畢，卡爾醫生便領著伯曼醫生離開，隨即傳來房門被關上的聲音。

布萊恩知道他們已離去，但仍處於震驚中，幾乎忘了身上的疼痛。或許因為吸入乾淨的空氣，他發覺今日的意識比之前醒來時更加清晰，但這無助於面對現在的處境。

教皇在想什麼？怎麼能在他垂死之際，硬塞給他一個妻子？

他清楚記得，自己不久前已經明確婉拒教皇賞賜妻子給他的提議，他以為當時已經說得夠清楚了。他對於結婚沒有興趣，比起女人，他更需要精銳的戰馬和盔甲。身為以戰鬥維生的騎士，他不需要有個妻子時時刻刻為他擔心，更不需要在戰鬥時心裡多一份牽掛。

但為什麼，他們仍給他一個妻子？而且更糟的是，他現在介於殘廢和死人之間，若他撐不過去，她該怎麼辦？若他撐過去，她要一輩子照顧一個無法再戰鬥的廢人嗎？

法雅這時回到他身邊，他能感覺到她的靠近，聞到她身上散發的清香。他發現自己依然渴望女子留下來照顧他，但他希望她是教廷新找來的護士，或是女僕，或其他什麼都好，但為什麼偏偏是他的妻子？

這時法雅突然將手放在他胸口上。他驀然心跳加速，呼吸也變得沉重。

「布萊恩先生？」

她俯下身，試著輕輕呼喚他。

他無法給予任何回答，只能讓手指輕微地動了動。

即使是如此細微的舉動，法雅仍注意到了。她握住他的手道：「別擔心，布萊恩先生，我們會照顧你，你會好起來的。」

她的聲音如此溫柔安定，帶著信心和撫慰，即使是冬日的冰霜都會為之融化。

那一瞬間，布萊恩知道自己的心徹底屬於她了。

法雅轉身將窗戶關小，接著回來將手掌放在他胸口上，柔聲說：「我們接下來會為你擦澡，我會盡量不弄痛你，你只要保持放鬆就行了，好嗎？」

她的語氣溫柔又溫暖，手指移向他身上其餘的繃帶，開始細心地一一為他解開。那些繃帶缺乏定期更換，早已沾滿血跡和各種汙痕，散發著骯髒難聞的味道，但她似乎不以為意，動作熟練又快速地為他移除。

隨著法雅開始專心工作，布萊恩的心跳逐漸平靜下來。

她似乎一點也沒有受伯曼醫生的影響，一邊忙碌，一邊指揮瑪莉將水盆和毛巾放到床頭的櫃子上。

他感覺她的手離開胸膛，不久便帶著沾溼的毛巾回來，以毛巾輕觸他的臉，力道輕柔地為他擦拭額頭和臉頰，一寸一寸拭去皮膚上的汙垢和血痕。

接著她熟練地清洗毛巾並擰乾，繼續往下擦拭他的脖子和鎖骨。她非常仔細且溫柔，絲毫沒有弄痛他，她擦過的地方變得無比舒適且清爽。被她細心照料的感覺令他充滿感激，同時努力消化著女子是他妻子的事實，直到他發覺她動手去解他的褲子。

他猛然抓住她的手腕，這反射性的動作將他們彼此都嚇了一跳。

「布萊恩先生，你醒了嗎？」法雅問。

他的喉嚨無法發出聲音，只能用力握著她的手。法雅的手腕在他手中顯得如此纖細，他不禁想像她整個人會是什麼模樣，若把她抱在懷裡是什麼感覺。

瑪莉這時在一旁清了清喉嚨，「我想他的意思是，接下來這部分不適合讓新婚的妻子來做。」

「什麼？」法雅迷惘地說，意識到自己的動作，「但是，我不是……」

「別說了，讓我來吧。」瑪莉一把奪走了法雅手中的毛巾，「布萊恩先生，我懂你的意思，男人在妻子面前偶爾想保留一點神祕感，直到初夜，對吧？」

法雅因這直白的發言而輕輕抽了一口氣。

布萊恩本人倒是沒有想到這一點，心裡閃過錯愕。

若法雅真的是他的妻子，這意味著自己能對她做許多事情……一股無以名狀的感受竄過腦海，但布萊恩逼自己將它們掃出腦中。他不需要更多的想像添亂，他的頭已經夠痛了。

他不自覺地鬆開法雅的手，瑪莉立刻說：「看吧，我說對了。接下來的部分交給我，妳去幫他準備床單吧。」

當法雅安靜地轉身時，布萊恩萬分渴望能親眼看看她，她此刻是什麼表情？她的眼睛是什麼顏色？她是否正在臉紅……？

瑪莉熟練地接續法雅未完成的擦澡工作，等她處理好時，法雅分秒不差地回到床邊，懷裡抱著乾淨的床單。

兩個女孩合力為他置換了床單，多虧瑪莉的強壯和法雅的俐落，他的傷口幾乎沒有被牽動，但當躺上乾淨的床單時，布萊恩依然感覺精疲力盡。

「今天真是見鬼了，我第一次看到他對人有反應。」瑪莉喃喃地說，「之前我幫他換繃帶，他從來都沒有動過。」

「謝謝妳這些日子費心照顧他。」法雅說。

「我只是執行教廷給我的工作罷了。話說回來，妳真的是教廷派給騎士團長的妻子？」

法雅輕輕應了一聲。

「居然敢氣走伯曼醫生，妳不是這裡的人吧？教廷從哪找到妳的？」

「我原本在卡特伯爵宅邸工作，負責照顧年邁的伯爵和他的生活起居。」

「妳的意思是，妳原本是個伯爵的看護，而教廷把妳找來，嫁給布萊恩團長並照顧他？」

「……是的。」

布萊恩聽到這裡，心裡對教廷的質疑不減反增。這安排對法雅一點也不公平，她是否是自願參與這一切，抑或是被教廷脅迫才嫁給他？他無法從她溫和的語氣中聽出端倪，但直覺告訴他，事情並不單純。

他聽見法雅不著痕跡地轉移話題，「他傷得很重，但主要器官似乎沒有太大的受損。我們一起努力看看，如果傷口沒有持續惡化的話，他應該能活下來。」

「但伯曼醫生不是這樣說的。」瑪莉說。

「伯曼醫生幫他把傷口處理得很好，我想這起了很大的幫助。」法雅說，「但他需要乾淨的環境和更好的食物，否則身體會越來越虛弱。」

「事實上，大部分處理都是我做的。」

「謝謝妳。」法雅聽起來在微笑。

「如果妳的判斷是對的，那妳趕走伯曼醫生再正確不過了。」瑪莉道，「伯曼醫生說布萊恩團長活不過這個週末，他已經通知人準備好墓地了。」

這話印證了布萊恩的直覺，伯曼醫生根本沒有打算治好他，而他本人原本也沒有奢望過自己會有救。

事實上，在這個早晨以前，他對這世界沒有多餘的留戀，他所有的親人都已不在世上，沒有任何非得活下來的理由，死亡對他來說是更為輕鬆且誘人的選擇。

然而現在——他突然擁有一個妻子，而且是這樣溫柔的女孩，他發覺自己早已麻木的胸口除了一開始的震驚，以及接踵而來的疑問之外，還有更多難以言明的情緒接連出現，充斥在疼痛的胸腔深處。

在成為騎士以後，布萊恩早已拋下這些會讓人軟弱的情感，但此刻，他發現自己重新開始思考擁有妻子的可能。

這時他的意識忽然開始變得昏沉，他對這感覺已無比熟悉，知道自己又將落入沉睡，但這次和之前有所不同，因為他第一次渴望再次醒來。

法雅。

他必須親眼看一看她，握著她的手，看著她的眼睛和她說話。

在那之前，他不能輕易死去。

若不是她即時出現，從那空有權威的自大庸醫手中拯救了他，他絕不可能活下來……

渴望見到她的心情，化為強大的信念，宛如落入大海的寶石一般，緩緩沉入布萊恩的靈魂深處。

「活下來」。

他的意識隨著這個信念一起下沉，逐漸墜入無盡的黑暗中。

第2章

自從法雅開始照料布萊恩之後，瑪莉發現他以驚人的速度開始好轉。

原本纏滿全身的繃帶一天天減少，除了那些傷及骨骼之處以外，外傷已經多半不需包紮，而且他的皮膚也不再蒼白，逐漸恢復了血色。

瑪莉對此感到非常不可思議，她不只一次告訴法雅：「他好像知道是身為妻子的妳在照顧他，妳應該多和他說話，說不定他會早一點醒來！」

法雅對此一笑置之，和瑪莉一起使勁搬動布萊恩，讓他翻過身，避免臥床過久產生的褥瘡，接著為他伸展手臂，避免肌肉過久沒有活動而萎縮。

每天早晨，法雅會請守衛通知廚房，為布萊恩熬製營養的肉湯，讓他按時喝下。

瑪莉說布萊恩剛被送來時，她無論餵他喝什麼，他都不肯配合，所以瑪莉乾脆只讓他喝水。到了法雅手上後，布萊恩同樣抗拒進食，更痛恨喝藥，好幾次差點打翻她手裡的碗，儘管他看起來並不是清醒的狀態，但抗拒的反應仍讓餵食的工作變得異常辛苦。

然而法雅不畏辛苦，且無視他的反抗。她會讓瑪莉壓制住布萊恩的手，自己則抬起他的頭，一邊溫柔地輕聲安撫，一邊堅定地將湯和藥灌入他嘴裡，強迫他悉數吞下，這過程總讓瑪莉看得瞠目結舌。

「妳說妳照顧過很多難搞的病人。」瑪莉語帶敬畏地說，「現在我相信了。」

法雅朝她微微一笑，「我只希望他醒來後不要討厭我。」

「我敢打賭，他根本不會記得。」瑪莉道，「而且妳可是他的妻子，他或許會討厭我，但妳？我想不會。」

法雅沒有回答，只有臉上閃過一絲憂慮。她並不是布萊恩真正的妻子，但這件事只有她和主教及卡爾醫生知道。

等布萊恩醒來後，她該如何解釋這一切？或者屆時教廷會立刻讓她離開，找其他人接手她的工作？

她搖搖頭，讓自己暫時忘卻這些煩惱，專心在眼前的工作上。

她很高興瑪莉總在她最忙碌的早晨過來幫忙。瑪莉真正的工作是教廷的醫務室女僕，所以其他時間都得在醫務室裡面對來來去去的病患，她說她原本很討厭自己得一個人過來照顧布萊恩，但現在有法雅之後，她更喜歡來法雅這裡，因為這裡比醫務室更寬敞乾淨，而且顯然安靜許多。

「還好妳當初堅持打開窗戶。」瑪莉說，「這裡原本熱得像地獄，但妳來了之後，突然變得像是天堂了。」

每天瑪莉離開之後，法雅會坐在布萊恩床邊，一邊削著廚房送上來的水果，一邊對他輕柔低語。

病房的窗外是一片原野，她會對他訴說窗外的景色，告訴他天氣如何。

布萊恩從來沒有給予回應，即使她們為他拆除頭上的繃帶，他也從未睜開眼睛。除了必須進食的時間外，他看起來始終在沉睡。

但他缺乏反應並沒有影響法雅。在這些年的歲月裡，她曾照顧過許多臥床的年邁貴族，他們清醒的時間非常少，也不常開口說話，所以當單獨照顧人的時候，她非常習慣自言自語。在一些特別寧靜的午後，她會想起彼得，不知道他現在過得如何，是否也會想念她。

法雅偶爾會坐在布萊恩的床上，翻開書本念給他聽，就像她以前經常在睡前為彼得念故事那樣。

她手中的書是透過門外的守衛取得的，當她請他們幫忙找來一些布萊恩可能會感興趣的書時，守衛面面相覷，最後不知道從哪裡帶回了《給騎士的野外烹飪教戰手冊》、《馬術大全》和《如何讓新婚妻子開心》。

法雅直覺忽略了最後一本。在她翻看《馬術大全》後，發現裡頭充滿對她來說無比陌生的專有名詞，有些字甚至不知道該怎麼發音，於是她選擇了第一本。

她相信，病人或傷患在無法說話回答時，意識仍有可能是清醒的，因此布萊恩很有可能被迫接收了各種野炊小常識——雖然她不知道，聖殿騎士團的團長是否有必須野炊的時候。

除了念書以外，法雅也常把水果放在床邊，讓床畔充滿馥郁的果香，並把熟透的果實放在他手心裡。對昏睡的人而言，嗅覺與觸覺是他們與外界仍保持聯繫的少數管道，她希望布萊恩即使沉睡著，依然能接觸到屬於這世界的美好。

基於類似的原因，她也會央求門外的守衛幫她摘一些花回來，放在床邊和窗臺上，讓花朵的芬芳縈繞整個房間。

「今天喬治幫我們摘了花園裡的玫瑰花喔。」她告訴布萊恩，「聽說這種玫瑰是教皇最喜歡的品種，花瓣的顏色偏藍紫色，摸起來像絲絨一樣。」

「今天的蘋果好香，據說是從南方運來的，你摸摸看，廚子說只有這個季節能吃到，如果你能醒來就好了。」

「啊，外頭開始下雨了！瑪莉才剛回去，不知道從這裡回到醫務室的路上會不會淋到雨呢？」

法雅每天都陪在布萊恩身邊，某些時候，她總覺得他的意識是醒著的，只是身體還沒恢復到能對外界做出回應的程度。她耐心地等待著，以日復一日的悉心照料，陪伴他度過相似又平靜的每一天。

只是有些時候，她會面對令人困惑的情況。

當負責送床單的女僕初次來到這間祕密病房時，她趁著門口守衛不注意，偷偷探頭問：「裡面真的是布萊恩大人嗎？」

法雅一愣，遲疑地輕輕點頭。

「哇，希望他早日康復！」女僕說完便飛快地離開，留下狐疑的守衛和困惑的法雅。

另一次，早晨前來點燃壁爐的女僕偷偷地問：「聽說布萊恩大人救了教皇，這是真的嗎？他真的單槍匹馬擋下所有暴民的攻擊？」

法雅對這件事一無所知，「這是從哪裡聽來的呢？」

「我是從馬廄聽來的，聽說負責照顧騎士團戰馬的馬夫發誓他親眼看到了。」

他救了教皇？

她忍不住轉頭看向沉睡不醒的布萊恩，心想這是他受傷的真正原因嗎？但為什麼主教要隱瞞呢？

又有一次，另一個前來幫忙送餐的老婦人逮到機會，朝法雅低聲問道：「夫人，聽說團長受傷時抱著一個小女孩，他是為了保護她才會受重傷？」

法雅第一次聽到這個說法，忍不住問：「這又是聽誰說的？」

「園丁說的，事實上，整個廚房都在傳呢。」

法雅驚訝地發現，越來越多關於布萊恩的流言在教廷中迅速流傳。

她對布萊恩的事所知不多，因此每一次女僕問她時，都只能打混過去。

但無論她說什麼，大家似乎都非常高興能聽到第一手資訊，且迫不及待要告訴其他人。更令她訝異的是，僕人們全都知道她是騎士團長的妻子，並對此深信不疑，和她說話時總是萬分尊敬，使得法雅更加不知所措。

布萊恩在教廷裡似乎相當受到歡迎，且被僕人敬重著。她能從每個人眼中看見他們對布萊恩的關心和崇拜。

這個疑問在瑪莉口中得到解答，「布萊恩大人對屬下非常好，也很會照顧人，所以教廷裡的大家都很喜歡他，私底下說不定比教皇還要受愛戴呢。」

「但是，他們說他從暴民手中救了教皇，主教卻完全沒有告訴我……」

「那表示這對教廷來說是個祕密。」瑪莉的語氣，彷彿這是相當司空見慣的事。「也許教皇不想讓人知道有暴民想攻擊他，畢竟這會讓他顏面掃地，也會讓教廷陷入失去民心的醜聞中。」

「但為什麼大家都知道？甚至他們也知道布萊恩在這裡養傷，而我是布萊恩妻子的事？」

「那是當然的啊，僕人對教廷裡的消息最靈通了。」瑪莉朝她高深莫測地眨眼，「主教他們總以為只要封鎖消息，祕密就不會傳開，但事實上正好相反，越被隱藏的事情就越吸引人。」

法雅聽得目瞪口呆，不得不開始懷疑，瑪莉也參與了貢獻祕密的一部分。

一個為了保護教皇而身受重傷、性命垂危的聖殿騎士，正在教廷隱密的小房間裡，接受他妻子的祕密照顧。法雅釐清整件事的輪廓後，稍微能理解僕人們熱衷這個話題的原因。教廷派守衛守住病房的舉動，或許也間接加深了這個祕密本身的吸引力……

法雅不禁開始好奇，布萊恩究竟是什麼樣的人？隨著與他的相處時間逐漸拉長，她的好奇心也與日俱增。當她為他更換繃帶，用毛巾擦過他精壯卻傷痕累累的身體時，總是忍不住心想，他在受傷的當下，是如何讓自己承受足以致命的攻擊？在他為了保護別人而負傷倒下時，心裡會想著些什麼呢？

比起一次也沒有出現在病房裡的教皇，以及再也沒現身過的主教，她總覺得，教廷裡的僕人們更常為布萊恩的康復祈禱。她自己也每天為他禱告，還有為彼得禱告。

希望布萊恩能盡早醒來，她也能早日回到弟弟身邊，她在心裡無數次悄悄祈禱著。

一天夜裡，法雅注意到布萊恩緊皺著眉，身體有些躁動不安，呼吸也變得急促。

「布萊恩先生？」

她俯身探了探他的體溫，不由得大吃一驚。

他在發燒！

她立刻調配好退燒藥，取來沾水的毛巾，接著小心地扶起他，讓他的頭靠在她臂彎裡，將裝著藥水的杯子湊近他的嘴唇。

布萊恩似乎聞到了藥的味道，立刻反抗地別過頭。

身邊少了瑪莉的幫忙，法雅只能一個人跟他奮戰。她暫時放下藥水，用毛巾輕輕擦拭他汗溼的額頭，然後溫柔地往下擦過他的臉頰和頸部。他的眉頭稍微鬆開，發出一串囈語，法雅立刻抓住機會，捏住他的下顎強迫他張口，接著將藥液從他嘴角盡數灌入口中。

布萊恩過了幾秒才感受到藥水帶來的苦味，沒受傷的那隻手臂突然激烈地往她一揮。

法雅深怕他打翻杯子，因此分神把杯子拿遠，他的手因而打中了她胸口。她此時仍支撐著他的身體，所以無法閃躲，但幸好如預料的，他的力氣不大，並未帶來傷害。

打中法雅以後，布萊恩那股抗拒的力道似乎迅速消散，手掌虛弱地往下滑，無意間撫過她柔軟的胸部。

她被嚇了一跳，身體因緊張而僵住。他仍閉著雙眼，手掌卻像有意識般握住她的柔軟。

「布萊恩先生！請、請別這樣……」

此時她身上只穿著單薄的睡衣，因此被他碰觸的感覺特別鮮明，能清楚感覺到他的手掌包覆著她，從掌心裡傳來他過高的體溫。

他揉捏著她，手指忽然擦過敏感的蓓蕾，令她渾身猛然一顫。

「嗚！」

法雅毫無防備地發出呻吟，旋即被自己發出的聲音嚇著了。布萊恩的手不疾不徐地愛撫她，拇指隔著布料摩擦讓她有反應的乳首，令她不知所措地拚命搖頭。

「不……請別這樣……」

她驚慌的語氣染上哭腔，支撐著他身體的手也顫抖不已。

他的碰觸逐漸變輕，手臂也漸漸失去力氣，終於放開她，手腕無力地滑落身側。

法雅茫然地低下頭，就著燭光看向布萊恩沉睡的臉龐，差點以為剛才是在做夢，但她隨即發現，剛被他愛撫過的蓓蕾正在睡衣底下微微挺立著。

他……他怎麼能那樣碰她？

法雅努力壓抑飛快的心跳，以及無比混亂的思緒。

他的手停留在身上的感覺，是如此……如此親密且震撼。

那是……對了，是因為發燒的緣故吧？一定是的，布萊恩一定不知道自己在做什麼，也許等他醒來後，根本不會記得。

她感覺自己臉頰發燙，好不容易才找回鎮定。

小心地扶著布萊恩躺下後，她凝視他逐漸平穩的呼吸，確認他的發燒沒有再惡化後，這才稍稍鬆了口氣。

稍晚等她回到自己房裡，翻來覆去許久才睡著。

夢裡，她感覺自己被擁入某個堅實強壯的懷裡，一雙大手從背後罩住她的雙乳，不斷揉捏愛撫，且耳邊傳來對方溫暖但模糊的低喃。她因身體傳來的強烈反應而害怕地掙扎，但無論如何抗拒都無法掙脫他的懷抱，直到她顫抖著哭求，對方才放過她。

但當她喘息著回過頭，想看清對方的面容時，他卻倏然消失在黑暗中。

布萊恩在那夜之後一直反覆發著低燒，且不斷夢到法雅。

當他發現自己的手碰觸到她柔軟的胸部時，心跳驟然加速，忍不住用盡所有力氣愛撫她。她的反應如此甜美，微弱的抗拒和顫抖迅速瓦解他的理智。

他渴望立刻醒來，將她擁入懷裡，徹底愛撫她，讓她以那溫柔的聲音發出呻吟。儘管藥效使他很快便再次失去意識，但柔軟的觸感和可愛的反應已深深烙印在他的腦海。

他在一個又一個接踵而至的夢裡穿梭，對她的渴望與日俱增，同時看見通往天堂的白光離他越來越遠。

他曾熱切期盼能進入白光當中，迎接真正的寧靜與死亡，但現在，他只是平靜地看著它遠去，知道自己還不準備踏入那裡。

不知道度過幾個晝夜，所有夢境忽然都消失了。

他的意識開始在黑暗中不斷下沉，逐漸穿越一片痛苦的薄霧，遍布全身的疼痛突然變得真實且清晰。

幾秒後，他驀地在房裡睜開雙眼，猛然吸入一口空氣，旋即因突然閃現的胸痛而咬緊牙關。

他閉上眼，等候疼痛平息才再次睜開，發現眼前仍是一片漆黑，無論如何轉動目光，暗影始終籠罩著他。這讓他顧不得疼痛，舉起手摸向自己的眼睛。他的雙眼沒有纏著繃帶，也確實睜開了，但為什麼……

難道他失去視覺了？

震驚一瞬間占據布萊恩的心神。他本能地藉由深呼吸讓自己冷靜下來，卻發現無法用力吸氣，手掌於是按向胸口，發現那裡纏滿了繃帶。身為騎士，他對各種創傷並不陌生，知道以這包紮方式來看，自己的肋骨恐怕斷了不只一根。

他緩慢地調整呼吸，找到不會引起劇烈疼痛的呼吸方式，接著才將手掌移向他處，一一檢查身體的其他傷勢，發現除了右肩跟右腿的傷較為嚴重，其他傷口感覺起來並無大礙。

這時，他察覺自己能隱約看見手掌的輪廓，於是轉頭看向床鋪左邊，視線逐漸在黑暗中聚焦，辨識出窗戶的輪廓。過了幾秒，他終於透過窗外搖曳的樹影和夜空中的微弱星點，確定自己並未失去視覺，只是恰逢深夜，房間太過昏暗所致。

他暗自鬆了一口氣，試著動了動疼痛的腿部。

他的移動牽動到床單，一個物體突然從他的床上滑落，發出「咚咚咚」的聲響落地後迅速滾遠。他的目光追著那東西而去，但看不清它的模樣，只聽見它在遠處撞到門板後，終於在門邊靜止了下來。

聽那聲音，他判斷那應該是法雅留下來的水果，也許是蘋果或梨子……

這時一陣光芒突然刺痛他的雙眼。

他猛然閉上眼，直到光芒減弱才再度睜開，旋即被眼前的畫面震懾而忘了呼吸。

一位美麗的少女捧著蠟燭出現在房裡。她以手掌遮住過於刺眼的燭光，滿臉驚訝地看著他。

她身上只穿著一件雪白的睡裙，柔軟的布料勾勒出她柔美的線條，淡金色的長髮披散在臉頰旁，在燭光下微微發光。琥珀色的眼睛像小鹿般，散發純真無害的氣息，此時正因驚訝而微微睜大，更顯得整個人宛如誤入凡塵的天使，脫俗得令人屏息。

「布萊恩先生。」她來到他面前，用他無比熟悉的聲音問，「你醒了，身體還好嗎？有沒有哪裡會痛？」

法雅。是他的法雅。

他曾無數次想像過她的模樣，但她超越了他的想像，沒有任何文字能形容布萊恩此刻內心的悸動。

他開口回答，卻發出一串沙啞的囈語。

法雅立刻將蠟燭放到床畔的小桌上，為他倒來一杯茶，小心地扶起他的頭，接著是肩膀，然後迅速將枕頭立起來，塞到他背後作為支撐，一連串動作熟練得彷彿已做過千百次。

他驀然想起，上一次她這樣撐起他時，他對她做了什麼。

法雅似乎也想起同一件事，他發覺她拿著杯子的手明顯頓住，身體也變得僵硬。

他不禁露出微笑，決定假裝不記得那一晚的碰觸，以免嚇著她。

他以眼神看著茶杯，無聲地抬起手掌朝她示意。

法雅敏銳地讀懂他的意思，小心地將溫熱的杯子放入他手中。當他握住杯子時，驚訝地發現自己的手竟微微顫抖著，幾乎要將茶灑出來。法雅立刻伸手托住他的手，露出微笑道：「你沉睡太久，剛醒來時身體會有點虛弱，這是正常的。」

她的解釋迅速撫平了他的錯愕。布萊恩在她的幫助下緩緩將杯子湊近口邊，喝下微熱的茶，感覺液體流過乾澀的喉嚨。

「……謝謝。」他輕聲說，終於找回自己的聲音。

法雅從他手裡端走了空杯，突然伸手輕撫他的額頭，接著用手背貼著他的臉頰，凝神評估他的體溫。布萊恩渾身一僵，察覺這個簡單的動作親密得令他吃驚。

「太好了，燒都退了。」法雅露出鬆了口氣的微笑，凝視他的眼睛，「身體有哪邊不舒服嗎？」

「全部。」他說，「感覺像迎面被一隊騎士撞上後，又被路過的馬車輾過。」

她睜大眼睛，「這是你受傷的原因嗎？」

她的語氣太過驚訝，令他一愣，隨即皺起眉，「不是。沒有人告訴過妳嗎？」

「我聽過各式各樣的說法……」她面露猶豫，「主教說你從馬上摔下來，女僕和馬夫深信你救了教皇一命，園丁和廚子則發誓，你是為了救一個小女孩才會受這麼重的傷。」

布萊恩露出一抹微笑，「顯然我昏迷前做了不少事。」隨即因突然閃現的疼痛而深深皺起眉。

法雅立刻警覺地扶住他，「怎麼了？」

「沒事，只是突然頭痛。」

「你傷到了頭部，接下來數週，這種頭痛可能還會發生。」她向他解釋，伸手取來一瓶藥水，「喝下這個，你會感到好受一點。」

他聞到那股熟悉的藥味，立刻往後一靠，「不，忍一下就可以了。」

她睜大眼，不可置信地看著他。她的目光和隨即降臨的沉默令他警覺起來。

如果他沒猜錯，她正在思考是否要灌他藥。想起她近乎無情的手段，讓他不得不心生警惕。

「這種藥只有一點點苦味，沒有聞起來那麼可怕。」她遲疑地看著布萊恩，「每個人都告訴我，騎士團長無所畏懼……」

原來如此，她打算先用激將法嗎？

「顯然他們有所不知。」他不無嘲弄地說著，嘴角露出微笑，眼神仍警戒地看著她。他剛從漫長的昏睡中醒來，身體依然虛弱，如果她決定要灌藥，以她熟練且殘酷的手法，絕對有很大的機率能得逞，但他不準備在醒來後仍繼續任法雅擺布。

「……喝下吧，至少喝一口。」她用哄誘的口吻說。

謝天謝地，她還沒決定要採用強制手段。

他低下頭，快速評估過眼前的情勢，決定和她談條件。

法雅發現他抬起頭，並且接過了她手中的藥水瓶後，露出鬆了口氣的表情。但布萊恩並沒有立刻喝下藥水，而是以幽深的藍眼看著她，她被他看得不禁心跳加速，便聽他忽然道：「我要求喝完後，能得到一個獎賞。」

「……什麼獎賞？」她的語氣明顯透出緊張。

「一個騎士負傷歸來時，他的妻子會給予他的獎賞。」

她眨了眨眼，疑惑地看著他。

「據我所知，妳是我的妻子。」他凝視她，發覺她的表情開始顯得不知所措。

「你……你都聽見了？」

布萊恩點頭。

法雅遲疑片刻，似乎不知道該怎麼辦，過一會才小聲說：「我……我不知道獎賞是指什麼……」

「那麼，讓我教妳。」

他將藥水瓶抵在唇邊，仰頭盡數喝下，皺著眉讓苦澀的藥液滑下喉嚨。

接著布萊恩拉過她，輕輕吻上她的唇。

她驚訝地猛然睜大雙眼，雙手僵硬地抵住他的胸膛，但意識到他的傷口而沒有出力。

他以唇刷過她柔軟的唇瓣，旋即溫柔地退開，低語道：「放鬆，法雅。」

她茫然地聽出他語中的安撫，接著感覺他再度輕輕吻上她。他的吻帶著止痛藥水的味道，其中混雜著許多罕見植物特有的芳香，宛如置身在滿布稀有藥草的森林中。

法雅迷惑地發覺布萊恩正在將她拉近，一手繞過背後輕輕環著她的腰，另一手捧著她的臉頰，手指沒入她的髮間，以令她著迷的方式擦過她敏感的耳廓。

他在她分神時，不著痕跡地分開她的唇瓣，將這個輕柔的吻推向她從未想像過的境界，帶著探索和驚人的親密，其中隱藏著熱烈又充滿邪惡的誘惑。

她因恐懼而顫抖起來。他發覺後放鬆了節奏，雙唇離開她，安撫地吻上她的臉頰，接著是耳朵。

「別害怕。」布萊恩在她耳邊低語，手仍在她背後徐徐輕撫，宛如安撫著受驚的孩子。

她感覺自己的心臟以前所未有的速度跳動著，而他正低著頭，用專注又火熱的目光注視她，墨藍色的眼裡盈滿笑意，目光深處，藏著暗湧的欲望。

「這就是一個騎士所期待的獎賞。」他微笑低語，注意到她緋紅的臉頰、通紅的耳朵，和被吻得溼潤豔紅的雙唇，眼神因而變得更加深邃。

她好不容易才回過神，立刻從他身邊退開。

「你……你不是聖殿騎士嗎？」她的聲音明顯不穩，語帶一絲訝異和控訴。

「我是，那又如何？」

他坦然的反應令法雅感到更加混亂。

「這種事……是被允許的嗎？」

他聽了，露出有些奇怪的表情。

「我為聖殿工作，遵守騎士誓約，但這不意味著我必須像修士一樣禁欲，何況是親吻自己的妻子。」他如此說明道，忽然頓了一頓，「……還是說，這是妳對丈夫的期待嗎？」

她被他問倒了，搖搖頭，但很快便反應過來，「我們還沒正式結婚，你不該那樣吻我……」

「妳是教皇給我的妻子，這已和結婚無異。」他平靜地指出這一點。

不知為何，法雅臉上閃過的卻是憂慮的神色，那雙原本注視著他的琥珀色眼睛也移向一旁。

布萊恩敏銳地察覺事有蹊蹺，「……難道事情與我聽到的有所不同？」

法雅再次搖頭，但表情從憂慮逐漸轉為害怕。

他皺起眉，「噓，別怕……」

他握住她的手，感覺到她指尖的冰冷。

「告訴我，妳是被迫嫁給我的嗎？」

他一說，她突然露出驚慌的表情，抬頭對上他的目光。

「不是的……」

「我需要聽實話。」他說，「不要害怕，我不會傷害妳……他們威脅妳，是不是？」

法雅不敢回答，他的表情變得更加嚴肅，沉聲問：「他們以為我快死了，所以綁架妳來照顧我？」

發現他使用了綁架一詞，她不安地低下頭。

「我不知道那是否算是綁架……」

「若他們不顧妳的意願把妳帶來這裡，這就是綁架。我知道教廷會做出什麼事，不要害怕，如果妳不願意嫁給我，我會把妳平安送回家人身邊……告訴我，妳的家人知道妳被安排嫁給我的事嗎？」

「我唯一的家人是我的弟弟彼得。」她說，聲音小得他幾乎聽不見，「他完全不知道我消失了。不知道他現在過得好不好，他才十二歲……」

這就是她恐懼的原因？害怕年幼的弟弟無人照料？

布萊恩自己有一個妹妹……或者應該說曾經有過，因此能理解她的憂慮。

他低聲安撫她：「沒事的，妳知道他身邊有誰能在這種時候代為照顧他嗎？」

「房東太太通常會在我出門工作時照顧他，但我已經離開他們一個多月，我不知道他現在過得如何……」

「妳寫信回去過嗎？」

她驚訝的眼神顯示沒有，而且從她的表情來看，她不只從未想過……更像是根本不知道擁有這樣的選項。

「教廷每一週都有信件派發日。」布萊恩說，「妳希望的話，我可以讓人幫妳準備紙墨。」

「真的嗎？我真的可以寫信回去？」

「當然可以。這裡有專門的信差，即使是偏遠的異鄉也能送去。」他說，「妳原本住在哪裡？」

「弓河郡。」

他喃喃複述這個地名，似乎逐漸想起它的位置。

「若妳在週末前完成信件，我想最晚一星期內就能送達。」

她聽完布萊恩的話後，明顯放鬆了下來，輕輕回握他的手，露出感激的笑容，「謝謝你。」

「我才要謝謝妳。」他說，「如果沒有妳，我肯定活不到現在。」

「我也是。」

他詫異地看著她，她立刻搖搖頭，「我是說，我也很感謝你……我太累了，對不起。」

就著燭光，他發覺她眼角有一滴淚光微微閃爍著。

布萊恩心裡湧起安慰她的衝動，在思考前便摟過法雅，安撫地輕拍她的背。她沒有抗拒這個擁抱，而且將頭輕輕靠在他身上，他能聽見她在懷裡細微抽泣的聲音。

他仍對現狀感到一絲困惑，但這女孩明顯被嚇壞了。

看著她害怕的模樣，令他感到心痛，他沒有遺漏她剛才使用了「消失」這個詞，這意味著教廷沒有給她任何通知家人的時間，就將她直接帶來這裡。

他設想幾種可能性，其中最糟的情況就是，教廷不只綁架法雅來照顧他，還強迫她嫁給自己。他知道現在的教廷是什麼德性，彷彿一顆成熟過頭的果實，外頭看起來光鮮豔麗，果實中心卻明顯腐敗。

法雅此時的反應提醒了布萊恩，他之所以成為聖殿騎士的理由。

如果她不願意嫁給他的話，他可以放她自由，但在那之前，他會想盡辦法保護她，嘗試讓她愛上他。即使是主教、教皇甚至整個教廷，一旦查出是誰傷害她，他會毫不猶豫與之為敵，只要她不要再露出那種害怕的表情。

「婚姻是很神聖的事。」布萊恩鬆開法雅，以嚴肅的口吻輕聲道，「無論是誰安排了我們的婚事，如果妳不願意，我不會強迫妳。」

他說出這番話的同時，看著她的雙眼。

法雅從他的語氣和表情逐漸明白他是認真的，於是輕輕點了點頭。

他接著續道：「雖然我在受傷之前，從未想過要結婚成家，但是在生死邊緣徘徊的這些日子裡，我逐漸改變了想法。在妳來到我身邊後，我無時無刻都渴望活下來，親眼看看妳，擁抱妳，親吻妳。除了妳以外，我無法接受其他人成為我的妻子。」

他將手貼上她的臉頰，以拇指擦去她的淚珠。

「無論妳經歷了什麼，我希望接下來的日子裡，我能以對待妻子的方式對待妳，尊重妳、安慰妳、保護妳……並且照顧妳的家人，只要妳允許，我願意成為妳一個人的騎士，以生命保護妳和妳的家人，即使妳最終決定不嫁給我也可以。妳願意讓我這麼做嗎？」

法雅含著淚凝視他，將手覆上他的手掌，閉上眼點點頭。

布萊恩將她拉過去，在她手背上鄭重地烙下一吻。

法雅落下更多眼淚，多到怎麼擦都擦不完，但布萊恩似乎並不介意，只是用心疼的眼神看著她，摟著她低聲說著安慰的話。

她將臉埋進他纏著繃帶的肩膀上。在他醒來之前，她曾無數次猜想過，他會是什麼樣的人。她聽了太多僕人口中的布萊恩，以為他是冷漠英雄般的大人物，但從來沒有想過，他是這樣有魅力且無比溫柔的人，既溫暖又敏銳，而且還帶了點與神聖的聖殿騎士看似相互矛盾的邪惡與誘惑。

最讓她不敢置信的是，第一次有人像他這樣，如此溫柔地給予她承諾，並將選擇權明明白白交給她。他說的每一句話都觸動到她內心最深處的恐懼，讓她感覺被珍惜著，此刻置身在布萊恩溫暖強壯的懷裡，她第一次感受到身心都得到保護的安全感，令她忍不住落淚。

即使他們的相遇建築在搖搖欲墜的謊言之上，而且嚴格來說，他們今晚才第一次見面，但法雅仍本能地想相信他。

「好了，沒事了。」

布萊恩為法雅拭去臉頰的淚水，問：「妳平常都睡在哪裡？」

她指了指一個小門，「那是我的房間。」

「今晚睡在我旁邊吧。」

她睜大眼睛看著他。

「這張床很大，現在的我連自己拿水都有困難，我不會對妳做什麼。」他說，露出一絲帶著虛弱的微笑，「抱歉……我恐怕又要陷入昏睡了，留下來，拜託。」

法雅知道，他剛喝下的藥開始起作用了。

她想起初次在這間房裡見到布萊恩時，他那性命垂危的模樣，想留在他身邊的衝動使她點點頭，那瞬間，她在他眼裡看見安心，同時那雙深深吸引她的藍眼逐漸閉上。

「不，等等，別睡這麼快。」她連忙爬上床，即時撐住他昏沉的頭，抽走他背後的枕頭平放在床上，讓布萊恩慢慢躺下後，這才鬆了一口氣。

「晚安。」她凝視他的睡顏一會，俯身吹熄了蠟燭。

在布萊恩身邊躺好後，法雅為自己蓋好棉被，接著便聽見他囈語般的回應。

「晚安，法雅……」

她在黑暗中露出一抹無人看見的微笑，旋即輕輕閉上眼，隨他進入夢鄉。

翌日清晨，法雅醒來時，發現自己依偎在布萊恩身旁。他和昨晚入睡時的姿態一模一樣，均勻的呼吸顯示他仍處於深沉的睡眠中。

暖暖的陽光照在他們身上，讓她貪戀地閉上眼，往他身邊靠了靠。

布萊恩雖然身上帶著大大小小的傷，但他的強壯和存在感仍為她帶來無比的安心。自從被帶來教廷後，這是法雅第一次沒有在半夜驚醒，一夜都睡得非常安穩。

原來睡在男人身邊是這樣的感覺……

她回想昨晚和他的相處，內心深處仍感到無比悸動。他那雙深邃的藍眼彷彿能輕易看穿她的不安，找到她極力隱藏的恐懼，並讀出她內心最深的渴望。

他的身體無比強壯，她親手為他擦澡時，不難發現他從肩膀到手臂、腹部和後背，全都布滿精實的肌肉，若非如此，他所遭遇的重傷絕對會在第一時間就奪走他的生命。長年鍛鍊的結果救了他，使他在極度虛弱的狀況下，依然能頑強地撐到現在。

很顯然，他的意識和身體都對暴力一點也不陌生，但對她卻相當溫柔。在布萊恩的手掌裡，彷彿擁有遠比力量更強大的東西，他碰觸她的方式中帶著自制、謹慎和溫柔的撫慰，在此同時，卻又混雜著一股充滿誘惑的熱流，令她完全無法抗拒。

在他那雙深深注視著她的藍眼裡，藏著她不曾在其他人眼中見到的東西。

只是，法雅不確定，若他知道她是被審判庭認定有罪的魔女，會有什麼反應。他是教廷中最神聖的聖殿騎士，為神和教廷而戰，為教皇與信仰而戰，她不能冒險告訴他真相，讓他在信仰和她之間做選擇……

而且他還不知道，她根本不是教廷賜給他的妻子。

如果布萊恩知道教廷和她聯手騙了他，會怎麼想？又會如何處置背負魔女汙名的自己？

法雅想到這裡，不禁打了個冷顫，恐懼再次升起。

這時布萊恩的手忽然放上她的腰際，彷彿感應到她的想法般。

她嚇得猛然睜開眼，發現他仍沈睡著，絲毫沒有醒來的跡象，這才稍微放鬆下來。

她安靜地側躺著，凝視他的睡顏，悄悄伸手覆上他放在她腰上的手。

他的手掌比她大上許多，手指粗長，指腹和掌中布滿厚繭，是一雙真正慣於戰鬥的手。她冷不防想起，這雙大手昨晚在她身上帶來的電流，還有他唇上的微笑和炙熱的吻……法雅其實並不討厭布萊恩那樣碰觸自己，但她隨即逼自己忘記那個念頭。

他是聖殿騎士，而且還是人人景仰的騎士團長，即使他現在誤以為她是他的妻子，但教廷怎麼可能讓一個被他們認定為魔女的罪犯，成為騎士團長真正的妻子？如果主教知道布萊恩醒了，平安脫離死亡的險境，她就沒有理由繼續待在他身邊了。

——我會保護妳。

他的保證言猶在耳。她渴望他昨晚說的一切都能成真，但她明白，自己不該奢望不屬於她的一切。只要教廷能放她自由，讓她平安回到弟弟身邊，就該心存感激了……

法雅思緒紊亂地推開布萊恩的手，起身下床去，在瑪莉到來前迅速打理好自己，假裝這天與昨天並無不同。

她不打算立刻告訴瑪莉，布萊恩曾經醒來的事情，因為一旦瑪莉得知這個消息，全教廷的僕人八成都會知道，而這想必會驚動守衛和教廷。

她希望能多一些和布萊恩相處的時間，就算只多一天也好，即使這意味著她必須繼續騙他，扮演他的妻子……

當窗外的夕陽為床鋪打上溫暖的金色光芒時，布萊恩才從沉睡中悠悠轉醒。

法雅察覺他醒來後，立刻放下手邊的工作，靠近他床邊。

他朝她露出一抹微笑，在她靠近時伸出手，「嗨。」

法雅握住他的手，因他親暱的招呼而微微一笑，隨即俯身幫助他坐起來，為他調整背後枕頭的角度。做好這一連串的動作後，她發現他正以略帶狐疑的表情注視著她。

她瞬間緊張起來，擔心他看透了她隱瞞的事情，即使這個憂慮毫無道理。

「妳把頭髮綁起來了？」布萊恩問，語氣像是發現新大陸，目光落在她盤起的長髮上。

法雅愣了愣，萬萬沒有想到他居然是指這個。她向來習慣在工作時將頭髮盤起來，以防在照顧病人時造成干擾，這習慣已跟了她許多年，以至於突然被指出來時，一時有些反應不過來。

從布萊恩的角度來看，眼前的法雅和夜晚的她散發出截然不同的氣息，幾乎是判若兩人，因此他的驚訝不亞於她。

夜裡的法雅在他眼裡散發著柔美誘人的氛圍，輕薄的睡衣包裹著她纖柔的身形，金髮披散在胸前，在燭光下閃閃動人，令任何男人都難以招架。但此刻她身穿一身簡潔樸素的裙裝，外頭罩著一件圍裙，淡金色的頭髮紮成一絲不苟的髮型，看起來精明能幹，散發出另一種截然不同的誘惑，令他渴望鬆開她的長髮，弄亂她整齊的裝束。

「這樣比較方便工作。」她解釋道。

布萊恩讓她在床邊原地轉了一圈，觀察她以精湛的方式固定住的長髮。

「我喜歡妳頭髮放下來的樣子。」他邊說邊朝她伸出手。

她察覺他的意圖後大吃一驚，立刻往後退了一大步，難以置信地看著他，「你想做什麼？我好不容易才綁好的！」

他發出一串壓抑的笑聲，臉上閃過痛苦的表情，但笑意並未減緩。若不是傷勢的關係，他恐怕會大笑出聲。

法雅擔憂地看著他，發現他忍痛笑著的同時，眼睛始終盯著她的頭髮，目光中有著無聲的盤算。

不妙，他在打壞主意了。

法雅立刻有技巧地轉開話題，「你要吃點東西嗎？」

「要，我好餓。」

法雅旋即轉身，打開早已準備好的木盒，取出裡面的一碗熱湯。

布萊恩看了之後，露出跟聞到藥水差不多的表情，「又是肉湯？我需要真正的食物！」

「你才剛醒，不能一下子吃太難消化的東西，胃會受不了的。」

「不要小看騎士的胃。」他悶悶地說完，還是乖乖喝下肉湯。

他的話引起法雅的好奇，「聖殿騎士平常都吃些什麼？」

「麵包，牛油，奶酪，很多很多肉，還有起司。」他回答得很快。

「就這樣？」

「就這樣。」布萊恩說，過一會才補充道，「偶爾還有燉菜，但實在太難吃了，我通常都裝作沒看到。我覺得妳念給我聽的那本書裡，有些菜值得拿給騎士團廚子好好學習。」

「你有聽見我念書？」

「偶爾在我意識清醒的時候。」他說，「我喜歡妳念書時的聲音，但我盡量不去聽內容，因為那總是讓我覺得很餓。」

她忍不住笑了。

「可惜現在你還不能那樣吃。你需要胃能負擔，而且能幫助你恢復體力的食物。」

「無論妳說什麼都好，我只想要一些可以咬的東西，我的下顎渴望咀嚼。」

她忍著笑，「我明白了，等我一下。」

她打開門，兩個百無聊賴的守衛一齊往她看來。

「需要什麼嗎？夫人？」

不知從何時開始，守衛也逐漸跟著其他僕人同樣稱她為「夫人」，即使他們每個人都知道，她曾是被關在地牢裡的魔女。

她忍住糾正稱呼的衝動，問道：「我能向廚房追加特殊餐點嗎？」

「什麼？現在？」其中一個守衛錯愕道，看了看時間，「妳要點餐的話最好趕快，廚房已經開始準備晚餐了，忙碌的時候廚子的脾氣不會太好。」

「好，我立刻寫菜單給你。」她說著接過守衛遞給她的板子。

「寫簡單一點，太複雜會害我被廚子罵。」

守衛的語氣透著無奈，讓她忍不住微笑。兩個守衛這時往房裡一看，驚訝道：「布萊恩大人醒了？」

「剛醒。」她邊說邊停筆，「就這樣。我需要有肉的湯，肉軟一點，這樣就可以了。」

「原本不就是請廚房幫他準備肉湯嗎？」

「原本的湯沒有料，但他醒來後，說想要吃可以咬的東西。」

守衛們露出同情的表情，「我懂他的感覺。」

「麻煩你們了。」

法雅回房後，布萊恩皺著眉問：「門外是誰？」

「主教安排的守衛。」

「為什麼我的房門外需要有守衛？」

法雅愣了下，面對布萊恩的質疑，只好先裝傻，「我也不知道，這是主教安排的。」

守衛沒多久就從廚房回來了，帶著一碗散發清香的肉湯，但法雅仔細一看，發現料居然是豬腸。

「我需要的是肉，為什麼給我內臟？」她困惑地問。

「妳說要柔軟的肉，我覺得某方面來說也沒有錯啊。」守衛說。

「……」法雅露出難以接受的表情。

「那是什麼？」布萊恩問，接過守衛手裡的東西，欣然接受，「這個我沒問題，廚房還有嗎？」

「有需要的話，我立刻幫您再跑一趟！」守衛立刻來勁，精神抖擻得彷彿急著在偶像前立功的小兵。

布萊恩說他需要，但法雅立刻說：「麻煩請廚子這次幫我們做有紅肉的湯。紅肉就是大型的、四隻腳生物的肉，豬牛羊都可以，但是雞肉是白肉，所以不行，內臟也不要，我需要能讓他補血的東西。」

守衛面露困惑，「……雖然聽不太懂，總之要豬牛羊的肉就是了？」

法雅點頭，再三叮嚀不要內臟，心想這樣應該不會再出錯了，直到守衛風塵僕僕地回來，手裡捧著一碗豬腳湯。

「不……這是脂肪，我要的是肉啊！」法雅不敢置信地說，「脂肪對於他的康復沒有好處！求求你再幫我跑一趟廚房……」

「我是不太介意啦。」布萊恩坦然接受了豬腳湯，但法雅顯然相當在意，他於是暗暗給守衛使了一個眼色，後者只好再為他們跑一趟廚房。

當布萊恩吃完豬腳湯時，守衛終於氣喘吁吁地回來了，但這次他雙手空空，苦著一張臉，同時身後傳來一陣罵聲。

「我從來沒有遇過這麼挑嘴的人！當我們廚房是許願池嗎？有什麼要求，乾脆一次給我說清楚！真是，連教皇也沒有這麼挑剔過！」

一個顯然非常不高興的廚子驀然出現在房裡。她年約四十，豐滿的身體包裹在淺綠的長裙和白色圍裙下，面頰紅潤且微微喘著氣。

房裡的布萊恩和法雅面露驚訝地看著她，而她則雙手叉腰瞪著他們，目光在兩人身上迅速來回，彷彿思考著要對著誰開罵。然而她最終將目光定格在布萊恩身上，似乎認出他一般，猛然倒抽一口氣，「我的老天！布萊恩團長！沒人告訴我，挑食又難搞的閣樓貴客就是您！」

「事實上，我暗示過啊……」守衛在她身後委屈地說，「只是主教命令我們，不能讓大家知道布萊恩大人在這裡，所以我不能明講。」

「為什麼？整個廚房都在傳啊。」

守衛嚇了一跳，「傳什麼？」

「說布萊恩大人正在教廷裡養傷，他美麗的夫人在他身邊照顧他啊。」廚子說，「主教封鎖這個消息做什麼？又不是什麼需要隱藏的事情。」

「但……主教真的是這樣交代的。」守衛無辜地說完，眼神下意識飄向法雅。

布萊恩敏銳地察覺這個舉動，跟著看向法雅，發現她低下頭避開了守衛的目光。

看來她有事隱瞞著他，而且跟主教與門外的守衛有關？

布萊恩不動聲色地記下，決定稍後再找時間問她。

「或許主教怕我死在這裡，所以不想張揚吧。」他露出微笑，對廚子說。

廚子聽了之後，仔細端詳他的傷勢，面露懷疑道：「您看起來復原得不錯啊。」

「不久前，伯曼醫生還確信我是一具姑且還有呼吸的屍體，據說他已經幫我安排好墓地了。我的傷勢能好轉都是法雅的功勞。」他說著，親暱地朝法雅笑了笑。

法雅不知所措地面對廚子投來的目光，搖搖頭說：「我只是盡我的本分而已。剛才讓您忙了那麼多次，還麻煩您上來一趟，真對不起……」

廚子第一次被人用敬語，有種辛苦終於被看見的安慰感油然而生。

這一趟上來本來是要找人開罵，卻意外拆穿一個祕密，親眼看見布萊恩團長和他的妻子在這裡，內心不由得更加高興。她朝法雅露出溫暖的微笑，語氣也和善不少：「哎，早說是給布萊恩大人的食物，我就知道該怎麼做了，我立刻下去重新準備。」

她走向床邊，端走布萊恩剛吃完的三個碗，發現他將三碗湯都吃得乾乾淨淨，碗也疊得整整齊齊，心裡更加窩心，踩著愉快的步伐離開。

守衛匆匆跟著出去，一邊叮嚀：「主教不希望這件事傳開，拜託不要聲張……」

「當然，我的口風最緊了。」廚子頭也沒回地說，腳步聲迅速遠去。

法雅突然感覺很不安，擔心布萊恩醒來的事不久就會傳遍整座教廷。在那之後教廷會有什麼反應？她又會被怎麼處置？

布萊恩瞥了法雅一眼，發現她露出憂心忡忡的表情，「怎麼了？」

「沒事。」她隱去自己的憂慮，搖搖頭對他露出一抹微笑。

廚子沒過多久便親自帶著燉得軟爛的一鍋牛肉和一大碗雜炊粥回來，還順帶為法雅帶了一份晚餐，「夫人，妳也要好好補充體力，才能照顧好團長大人。」

法雅受寵若驚地連忙道謝，對那個稱呼仍感到有些無所適從。廚子把她不安的反應當成是害羞，心裡對這個年輕的騎士團長夫人更加有好感。

「過來這裡。」布萊恩對法雅說，「到床上來，陪我一起吃吧。」

法雅搖頭，「我還有工作沒做完。」

「妳是我的妻子，不是僕人。」他堅持，換上溫柔的語氣朝她伸手，「來，跟我一起吃飯吧？」

她對他這樣的語氣沒有抵抗力，默默地握住他的手，被他牽著在床的邊緣處坐下。

廚子玩味地看著他們，「我想你們需要一張放在床上的用餐桌。」

布萊恩正在為法雅盛肉，分神問，「那是什麼？」

「哎，要怎麼形容……」

「是像茶几一樣的東西，對不對？」法雅抬頭問。

廚子點頭，「沒錯，像茶几！」

「妳見過？」布萊恩停下手邊的動作，看著法雅問，「好用嗎？」

「我在伯爵宅邸經常會用到。我會將盛滿早餐的餐盤放在用餐桌上，讓伯爵可以在床上慢慢享用早餐。」

布萊恩皺起眉，想到法雅曾貼身照顧其他人，令他感到一陣不悅。

「教廷裡能找到這樣的東西嗎？」法雅問，絲毫沒有發現布萊恩的異狀。

「簡單，我去跟木匠說！」廚子咧嘴一笑，興沖沖地離開。

沒多久，一個年近五十的木匠就出現在房間裡，他瞪大了雙眼，把裝滿工具的布袋重重放在地上，「我的老天！真的是布萊恩大人！這位想必就是團長夫人囉？能為您們製作桌子是我的榮幸……」

等木匠完成他的工作，愉快地離去時，守衛在門外再次叮嚀他：「千萬不能說布萊恩大人在這裡養傷啊！這是祕密！」

「沒問題，沒問題。」木匠再三保證地離開。

「……你覺得，他們能守住祕密嗎？」法雅在門關上後，轉頭問布萊恩。

「教廷裡的僕人最喜歡祕密了。」布萊恩回答，「保證傳得比瘟疫還快。」

他對此已習以為常。一直以來教廷總是做著徒勞無功的事情，卻總以為做得天衣無縫，絲毫不知道底下做事的僕人其實遠比他們以為的還要聰明，且以分享主子的祕密為樂。

但法雅明顯的不安引起了他的注意。

「妳為什麼擔心？」

「……我怕你會有麻煩。」

「我不會有麻煩。」他向她保證，「妳是不是……」

此時門外突然又有人敲門，沒等他們回應，門就被直接打開了。

一看到門外出現的是主教和卡爾醫生，法雅立刻驚慌地站起來，彷彿被雇主當場撞見正在偷懶的女僕一樣面色緊張。

布萊恩皺起眉看向主教和卡爾醫生，發現兩人都盯著床上的用餐桌和碗盤，顯然注意到法雅和布萊恩原本正在一起吃飯，臉上皆閃過意外的表情。

「看來你們剛用過晚餐。」主教走入房內，看著布萊恩說，「你的身體還好嗎？」

「很好。」布萊恩回答，「多虧法雅照顧，我已經好多了。」

主教瞥向法雅，說道：「我們有話跟騎士團長說，請妳先迴避。」

「是的。」

「不必。」

法雅和布萊恩同時回答，接著看向對方。

布萊恩對面露訝異的她搖搖頭，朝主教凜然道：「她是我的妻子，她有權知道我們談什麼。」

此刻主教臉上的表情頗耐人尋味，混雜著驚訝、難以置信和惱怒。

「妻子？」

「法雅是教皇給我的獎賞，這不是主教親自安排的嗎？」布萊恩刻意道。

主教一瞬間將目光投向法雅，她露出欲言又止的模樣。布萊恩看著她，再凜凜望向主教，看見主教的眉頭深深皺了起來。

「法雅，謝謝妳成功救了他。」卡爾醫生朝她露出溫和的微笑，「上一次見到布萊恩大人時，他離死亡只有一步之遙，妳做得很好，讓我們教廷的醫生都相形失色。」

法雅不知道該回答什麼，只好搖搖頭。

「有法雅的悉心照料，團長應該不久就能下床走動了。」醫生說，「我是否可以單獨檢查一下團長的傷勢？」

「好的。」法雅立刻回答，假裝沒看到布萊恩注視她的目光，和主教一起走入她的房間等待。

一關上房門，主教立刻質問道：「妳對他施了什麼魔法？」

「我沒有！」她不安地辯解，「我只是用以往向醫生學過的方法照顧他……真的只是這樣，瑪莉可以為我作證！」

她知道主教在懷疑什麼，當教廷裡所有醫生都擺明對布萊恩束手無策，她卻成功讓他甦醒過來，甚至醒來第一天就開始正常飲食，主教看了會怎麼想？當然會覺得法雅肯定是魔女，布萊恩會成為另一個鐵證。

「他看起來已將妳當成他的妻子。」主教無視她的辯白，「他是教皇最重視的聖殿騎士，妳竟然敢蠱惑他！」

「不是您安排我以妻子的身分照顧他的嗎？」法雅委屈地說，「他雖然一直在昏迷，但他聽見我們的對話，所以他從醒來後就認定我是他的妻子……」

主教壓抑著怒氣，「確實一開始是我們的安排，但我沒有想到妳能讓他這麼快甦醒。現在教皇已經知道他平安活下來的消息，並且有意把姪女嫁給他。」

主教語氣鏗鏘地說完，滿意地看見法雅啞口無言。

「什麼時候？」她輕聲問道。

「等他可以恢復行走，到聖殿覲見教皇時。」

「我不會成為教廷的阻礙，我保證。」法雅顫抖著說，「我會照顧布萊恩，讓他盡快恢復到可以下床活動……在那之後，希望教廷能按照約定，讓我除去魔女的罪名，平安離開這裡。」

「可以。」

得到肯定的答覆，她終於鬆了口氣。

見到她願意配合，也讓主教暗地裡鬆了口氣。

如果她會礙事，他就必須得先下手為強，但法雅看起來對布萊恩將她誤認為妻子的事情似乎只感到苦惱，這讓他們之後在處理時會簡單許多。

儘管如此，他們仍必須審慎處理法雅的事。眼前這女孩被指控為魔女的罪名之一是「蠱惑人心」，布萊恩極有可能被她魅惑，而且他看起來已經認定她是他的妻子，這之後有可能會造成問題。

「我告訴過布萊恩，我們還沒有真的結婚。」法雅低著頭說，「他說我如果不想嫁給他，他不會強迫我。」

主教感覺她準確猜中他在考慮的事情，心裡一驚，不由得瞪向她。

但法雅並未看他，雙手在身前不安地緊握著，那模樣看起來既不安又透著一絲脆弱。

……夠了，他居然會覺得她脆弱！

果然魔女是該以火刑處置的危險存在，若讓她活下來，這邪惡的能力不知還會蠱惑多少無辜的人？

「接下來妳除了照顧他以外，不要做多餘的事，千萬不要對他有非分之想，那對妳不會有任何好處。」主教冷冷地說，「明白嗎？」

「我明白。」

「也切記，別讓人知道妳在這裡照顧他，以免教皇發現妳的存在。教皇最痛恨與魔女和惡魔有關的一切，如果他知道妳曾經照顧過騎士團長，他必定會把這視為教廷的醜聞，到時候恐怕連我和卡爾醫生也保不了妳。」

法雅聽完，立刻乖乖地點頭，但她心裡明白，這番叮嚀已來得太遲。除了守衛們以外，整個教廷的僕人恐怕都已經知道他們的事情。

此時她只能祈禱，在教皇發現之前，她能平安脫身，回到彼得身邊。

一想到要離開布萊恩，讓他娶其他女人為妻，令法雅心裡感到一陣疼痛。但是這樣的安排對他們兩個都是最好的，主教對她已算得上寬容，甚至特別過來提醒，她對此心存感激。

法雅低著頭心想，她會一如往常照料布萊恩，直到必須離開的時候，她會狠下心拒絕他。她明白自己做得到，即使這意味著她要忘記他給予的所有承諾……

在另一個房間裡，卡爾醫生仔細檢查了布萊恩的傷勢，發現法雅將他照顧得極好，傷口乾淨整潔，癒合狀態比他見過的所有創傷都要好。當他詢問法雅平時怎麼照顧時，布萊恩說她每天都會為他檢查傷口和更換繃帶，即使沉睡時也沒有忽略。

「她是個很好的照顧者。」醫生說，謹慎地挑選措辭，「這是我們請她來照顧你的原因，然而教廷的規定……你知道的，未婚女子不能單獨照料成年男性……」

「所以你們強迫她嫁給我。」

布萊恩說出這句話時，語氣幾乎是肯定的，且聲音無比冰冷。

卡爾醫生搖搖頭，「我們要求她以『妻子』的身分照顧你，而她也同意了。」

「這和強迫她沒有不同。」

「本質上是不一樣的。請你理解，主教為了救回你，費了很大一番苦心……她是我們能找到的最後希望。」

「我不要她只是個冒名的照顧者，我要她成為我名正言順的妻子。」

「這……就要看法雅的意願了。」醫生說。

布萊恩觀察著醫生的表情。

雖然他對教廷的做法充滿不認同，但醫生證實了他的猜測。法雅的不安果然來自於教廷。她根本沒有準備好真正嫁給他，所以當被他碰觸時，才會那樣慌亂和緊張，何況她心裡還掛念著弟弟。

「你們一開始是怎麼和法雅說的？」

「什麼意思？」

「你們讓她照顧我到什麼時候？」

「直到你恢復意識。」醫生說，「她已經完成了她的任務。」

「我現在仍需要她。」布萊恩加重語氣，「直到我能下床為止，我需要她繼續在我身邊照顧我。」

醫生沒有遲疑便點點頭，「我想那不是問題。」

很好。布萊恩心裡多少鬆了一口氣。他還有足夠的時間將她留在身邊，他會盡可能補償她、讓她愛上自己，將她永遠留下來。

「告訴我，為什麼外頭會有守衛？」布萊恩在醫生起身時問道。

醫生明顯愣了愣，「我想是因為……主教需要知道你的安危。」

「他們在監視我們？」

「不，當然不是。」醫生立刻否認，面有難色道，「但你畢竟是教皇的救命恩人。」

布萊恩朝他露出微笑，「不知情的人還以為我是罪犯呢。」

「請絕對不要這樣想。」

布萊恩在心裡嘲弄一笑，但沒再刁難醫生。醫生已經解答了他的另一個疑問，教廷顯然還未發現他身為聖殿騎士的另一項祕密任務，守衛並非為他而設。

如此一來，只剩下一種可能——他們在監視法雅。

難道他們擔心法雅會逃走，所以要守衛看著她？根據他對教廷的理解，這個猜測不無可能，但法雅似乎一點也沒有打算逃走的念頭。想起她那驚慌失措的模樣，比起想逃，她更像是被咬住要害而不敢掙扎。

等醫生和主教一同離開後，法雅終於回到房裡。

不知道主教和她說了什麼，她看起來精疲力盡，卻又勉強自己打起精神，那模樣讓布萊恩渴望能將她摟在懷裡，驅散她所有煩惱和恐懼。

「法雅，過來我這裡。」他朝她伸出手。

「不行，我必須工作。」

她遠遠地回答，甚至不願意看他。

主教肯定跟她說了什麼。布萊恩心裡一沉，默默記下一筆，之後不能讓主教再接近她。

「妳不需要工作。」布萊恩再次強調，「過來這裡吧，我想和妳說說話。」

法雅不肯靠近他，他只好嘆一口氣，「那好吧，幫我拿一把梳子來，順便把門鎖上，好嗎？我們今晚實在太多客人了。」

她立刻消失在門後，默默為他取來一把梳子。

布萊恩接過梳子的同時，握住她的手說：「坐下來。」

她起初抗拒地抽回手，但他凝視她的眼睛，柔聲說：「妳看起來好累，坐下來，讓我幫妳梳頭好嗎？」

她像被橡果猛然打中的松鼠一樣，用難以置信的表情看著他，彷彿不敢相信她所聽見的。

那表情太過可愛，令布萊恩不禁莞爾。他拍了拍面前的床鋪，用手指在半空畫圈，要法雅轉過身背對他坐下。

方才和主教談過以後，法雅知道讓自己減輕心痛的方式就是離布萊恩越遠越好，但他卻非常認真地堅持要她坐下。

她忽然想起，過去從來沒有人為她梳頭過。她的母親很早就不在了，而有限的生命經驗告訴她，只有貴族小姐會有專屬的女僕為她們梳頭和打理髮型，但布萊恩此刻居然提議為她這麼做……

「我的技術很好，不會弄痛妳，我保證。」布萊恩說。發現法雅懷疑地看著他後，他解釋，「我以前常幫我妹妹梳頭。」

「你有妹妹？」她忍不住問。

「妳先坐下，我就告訴妳我妹妹的事。」

她抗拒了幾秒，終於任由好奇心驅使，背對他坐了下來。

她感覺布萊恩的手來到她腦後，溫柔地解開她的髮髻，緩緩抽起一根根用來固定的髮針，原本仔細盤起的頭髮逐漸鬆動，在他手中失去束縛披散下來，落到她的胸前和肩上。

「我妹妹叫艾瑪。」他說，以手指輕柔地將她的頭髮聚攏到後背，「她小我五歲，如果還活著，現在就已經二十二歲了。」

「她不在了？」

「嗯，我母親去世以後，我們一起被送到了教廷的孤兒院，後來孤兒院爆發了兒童傳染病，我僥倖活下來，但艾瑪沒有。那時她只有十歲。」

法雅低下頭，「你那時候一定很難過。」

布萊恩以手指輕輕梳開她的長髮，拿起梳子道：「我當時確實很難過，但也很生氣，我妹妹還那麼小，他們卻硬是把生病的孩子集中隔離，不讓我靠近她，最後她只能一個人在病床上孤單地死去。當時每天死亡的孩子太多，根本來不及埋葬，所以孤兒院只能把遺體集中燒掉，我甚至見不到她最後一面。」

法雅將手放在布萊恩腿上，無聲地安慰他。

「失去妹妹以後，我就沒有半個家人了，當時我不知道要怎麼處理那種情緒，所以開始到處打架，找每個人的麻煩，把孤兒院弄得一團混亂，直到他們終於受不了，把我趕到街上自生自滅。」

他的語氣彷彿在說著別人的故事，手中的梳子以一種和緩的節奏，由法雅的頭頂輕輕梳下，來到髮尾後，再回到頭頂，圓潤的梳齒一次又一次梳過她頭皮，帶來無比舒服的感覺。

「後來呢？」她輕聲問。

「被趕出孤兒院以後，我依然到處打架，在教廷周遭鬧事，直到當時的主教注意到我的存在。」

「是我們昨晚見到的那位嗎？」

「不是，那個人已經過世了。」布萊恩露出苦笑，回憶道，「他的名字叫約納，是我在教廷唯一尊敬的人。他和國王陛下關係良好，所有人都認為他會成為下一任的教皇，知道我出身自教廷的孤兒院後，他建議我參加教廷舉辦的騎士比武大會，並借給當時身無分文的我一套騎士裝備。結果我一連打敗了好幾位職業騎士，成了那一年最大的黑馬，教皇認出我是當年孤兒院裡的麻煩製造機後，就將我選為聖殿騎士團的一員。」

「你那時肯定很讓人印象深刻……」

「當然，那時我壞透了，大家都知道我的名字，無論我幹出什麼事，大家都不會太驚訝。這給了我不少好處，我回到教廷時，發現教廷的僕人記得我，神職人員也記得我，所以成為聖殿騎士以後，每個人都深信我改邪歸正了，終於受到神的感召回歸正途。加上我從小在教廷孤兒院裡接受教育，姑且不論聽進去多少，但他們認為我接受了最正統的教育，對神有深刻的認識……」

他刻意語帶驕傲和諷刺地停了下來，讓法雅忍不住微笑，「所以他們讓你當上騎士團長。」

「答對了。」

「你喜歡這份工作嗎？」

「這份工作很有挑戰性，也很刺激，對我來說沒什麼可以挑剔的。騎士的俸祿很高，還能有自己的盔甲和戰馬，有馬夫隨時為我照料馬匹，食物也不錯。」

「除了燉菜？」

「對，除了那難吃的燉菜。」

他們一起笑出來。

布萊恩放下梳子，撥開她披散在背上的頭髮，露出她的後頸，然後以拇指和食指按住她頸骨兩側的凹處，輕輕揉按。

「啊……」法雅瑟縮起肩膀。他立刻停下來問：「會痛嗎？」

「會，而且好痠。」

「妳累積太多疲勞了。」布萊恩試著放輕力道，「這樣呢？」

「嗯……」她發出舒服的嘆息，閉上眼感受他的指腹在她頸後輕輕按摩著。

「你從哪裡學到這個的？」

「騎士必須長時間穿戴盔甲，且經常一整天都待在馬背上訓練，所以肌肉痠痛是家常便飯，後來我們的天才團員之一迷上推拿術，結果推拿術在騎士團裡大流行，導致現在每個成員都變成按摩高手。」

法雅詫異地想像，一大群騎士幫彼此按摩痠痛肌肉的情況，總覺得畫面說不出的詭異和好笑……

「騎士團的成員都住在教廷裡嗎？」

「不，我們的總部在聖殿附近，所以才叫聖殿騎士團。」他說，「聖殿距離教廷不遠，騎馬大約幾分鐘就到了。」

「這樣啊。」她說完沉默了片刻，語氣忽然變得有些不安，「你平常……都為教廷做哪些工作呢？」

雖然她刻意掩飾，但反而讓語氣中的不安更加明顯。

不，或許說恐懼會更為貼切。

布萊恩對她的情緒已十分熟悉，她害怕教廷，然而他不希望她害怕自己。

「事實上，我不隸屬於教廷。」他脫口而出。

她愣了愣，迷惑地問：「你不隸屬於教廷？」

他有股衝動，想在此刻將真實身分全部告訴她，包括為什麼答應約納主教成為聖殿騎士，為什麼會在主教死後繼續留在騎士團裡，以及身上的祕密任務，但一個遲疑的微小念頭讓他停了下來。

「我不需要服從教廷。」他最後說，「我只對教皇負責。」

「意思是，你只為教皇辦事嗎？」

「沒錯。嚴格來說，整個騎士團都不隸屬於教廷，我們聽令於教皇，直接接受教皇指派的任務，所以教皇以外的教廷人員基本上和騎士團不會有接觸。」

「原來如此。」她說，「我一直以為你是教廷的一分子……」

「我不是，我的頭銜是聖殿騎士，而現在，我是專屬於妳的騎士。」

法雅聽完之後，忽然沉默下來。

「如果……」她小心翼翼地開口，「如果有一天，教皇要你殺了我，你會服從他嗎？」

「不會。」布萊恩斬釘截鐵地說，「我會丟下騎士徽章，捨棄聖殿騎士的身分，將劍對準任何想傷害妳的人，騎馬帶妳離開教廷。」

他的回答絲毫沒有猶豫，令法雅飽受衝擊，不敢相信布萊恩會為了她這麼做。但是從他的語氣中，她隱約察覺一件事，教廷對布萊恩的重視，似乎遠高於他對教廷的重視……這個發現多少讓她放下心。

布萊恩注意到她稍微放鬆下來，因而微微一笑，轉移話題道：「跟我說說弓河郡的事吧，那裡是妳的故鄉嗎？」

一邊說著，他的手一邊從她的頸部滑下，開始按摩法雅的肩膀。

「嗯……」

她發出一聲微弱的呻吟，感覺布萊恩寬大的手掌覆住她的雙肩，拇指輕易找到她肩後最痠痛的地方。

「弓河郡是我的故鄉沒錯……我在那裡出生，父親是鐵匠，母親是裁縫，在他們因為意外過世後，只留下我和彼得相依為命。我們被送到當地的孤兒院時，我十歲，彼得四歲。彼得天生身體就不好，在那裡經常被欺負，直到我被醫生太太領養，作為助手開始跟在老醫生身邊幫忙，慢慢存下一筆錢，才把弟弟帶離孤兒院。」

「原來妳也待過孤兒院。」布萊恩有些意外地說。

「嗯，我好討厭那個地方，每天早晨醒來都暗自期待，能有個帥氣的騎士突然出現在孤兒院門口，騎馬帶我們離開那裡，離開那個骯髒破舊又嚴格的地方……可惜這個夢想從來都沒有實現。」她突然停下來，因被按到了一個特別痠痛的地方而止住呼吸。

「這裡很痛嗎？」布萊恩觀察著她的反應，以拇指按壓著那一處，「這裡感覺特別緊。」

「很痛……嗚，輕點……」

「我幫妳把這裡推開，妳會舒服一點。」他說，「稍微忍耐一下。離開孤兒院之後呢？」

法雅忍著痛分神想了一下，才想起剛剛說到哪裡。

「把弟弟接出孤兒院不久，老醫生就過世了，我不得不開始獨立工作。最先雇用我的是一個富裕的老奶奶，我陪伴她走完生命的最後兩個月，之後她的女兒為我介紹了第二份工作，就這樣，我開始在一些有錢人家擔任年長者的看護，偶爾也充當貼身女僕，照顧的對象逐漸由富人變成貴族，他們的圈子很封閉，而且有許多規矩必須遵守，但他們給的報酬也很高，讓我可以賺到足夠的錢幫弟弟治病。」

「妳弟弟生了什麼病？」

「醫生說是一種很罕見的先天肺部缺陷，他沒辦法像普通的孩子一樣活潑亂跑，只要激烈活動就會喘不過氣，連站著超過十分鐘都會呼吸不過來。因為生這種病的人太少，所以藥也很昂貴，非常難買到。」

「這些年辛苦妳了。」

「我的雇主都對我很好，彼得也總是很乖、很體貼，所以不會辛苦。」

布萊恩沉默地揉按她的肩膀。比起他那些皮粗肉厚的同僚，法雅的身體纖細柔軟，照理來說按起來應該很輕鬆，但從她身體反應的種種細節來看，她身上累積的疲勞恐怕不亞於他們。

為了治療弟弟，她似乎有勉強自己努力工作的傾向，這些長年累積的疲勞都如實反映在身體上。他向來認為認真工作是種美德，但疏於休息並不是好事。

「妳有藥膏或精油嗎？」他忽然問。

「要做什麼用的？」

「緩和痠痛，還有避免皮膚受傷。」

她想了一下，伸手從床邊的桌子抽屜取出一罐軟膏給他。

布萊恩轉開蓋子，沾了一些在指尖，聞到一股薄荷的清香。

「這個可以。」

他說完便將藥膏塗在她脖子上，她立刻縮了縮肩膀，「好涼。」

「別動。」

他塗了更多藥膏，之後握住梳子，以沒有梳齒的那一面抵住她塗滿藥膏的後頸，開始徐徐往下刮。

「你……你在做什麼？」她的語氣充滿疑惑。

「這叫刮痧。」他說，「能幫助消除淤積的疲勞，讓血液循環。」

「唔……」

「舒服嗎？」

「嗯，很舒服。」

她的聲音透出放鬆和舒適，令他莞爾一笑。她真的累積了太多疲勞，他只出了一點力，就刮出一整片細細密密的紅點。

他將她背後的釦子解開兩顆，鬆開她的衣領，開始為她的肩膀塗上藥膏，並且以欣賞的目光注視她白皙無瑕的背。

她安靜地讓他的指尖在她肩膀上來回推開藥膏，無聲期待著木梳刮過肌膚帶來的奇異舒適感。

布萊恩將力道控制得很好，讓法雅在他的照料下完全放鬆，但布萊恩自己卻緊皺著眉，看著她的肩膀和背脊迅速布上紅紫色的痧，目光說不出的心疼。

等他移開木梳，將藥膏和梳子放回床邊的桌上後，法雅才緩緩睜開眼睛。

「結束了嗎？」

她的語氣似乎有些依依不捨。

「不能再刮了。」他說。雖然他盡量放輕了力道，但出痧的情況仍超乎預期，再下去她可能會受傷。

但是布萊恩和法雅一樣，貪戀這一段兩人彼此放鬆交談的時光。

於是他在她起身前說：「還想要嗎？」

她立刻點頭，但擔憂地回過頭問他：「你會不會累？」

「一點也不會。」他微笑，「坐過來一點。」

此時此刻，他其實更想要環過她的腰，直接將她拉近自己，這動作對以往的他而言輕而易舉，但此時的傷勢不允許這麼做。事實上，布萊恩還有許多想在這張床上對她做的事，若法雅知道後恐怕會大吃一驚，可惜礙於同樣的理由而必須推遲。

但無妨，他有其他辦法讓她在他懷裡得到快樂和撫慰，而且法雅顯然不再害怕他，這對他而言是好事。

她小心地朝他挪近，「這樣？」

「可以。」他邊說邊示意她再次轉過身背對他，讓她微微低下頭，接著便將手指深入她的髮中，溫柔地觸上她的頭皮，帶著技巧地開始輕輕揉按。

她忍不住逸出舒服的呻吟：「嗯……」

「剛才妳說到兒時的夢想。」他以沉穩的語氣對她說，「這讓我有些好奇，妳長大後最大的夢想是什麼？」

她想了一會才說：「我之前有個夢想……想盡可能賺到足夠的錢，買下一間討人喜歡的房子，一邊照顧彼得，一邊經營小旅館或客棧。」

「為什麼是之前？」

「因為最近發生了太多事……」她緩緩地說，「讓我漸漸發現，只要能和自己重視的人平安快樂地生活在一起，其他事其實都不是那麼重要。」

「說得有道理。」

「布萊恩，你的夢想又是什麼呢？」

他沉默了好一會，直到法雅以為他不會回答時，才開口道：「我的想法某方面來看，似乎跟妳很類似。」

「怎麼說？」

「在我重傷昏迷的時候，我發現自己對這世界沒有特別的留戀，我的家人都已經不在，身邊沒有特別重視或放不下的人，即使我死了，也沒有人會特別掛念我，所以原本一直很期待死亡，直到妳出現在我床邊。」

他笑了笑，「妳不只打開那扇我從來不曾察覺的窗戶，還趕走了討厭的醫生，說妳是我的妻子，房間該由妳作主。」

「……你真的都聽見了。」

「嗯。我原本完全不考慮結婚，因為我深刻記得妹妹走的時候，那種痛苦和被掏空的感覺，我不想再經歷一次。」

他語氣中的壓抑，令法雅感到一陣心痛，忍不住抬手握住他的手。

他把她的手拉過去，親吻她的手指。

「當我發現自己可能要一個人在這間房間裡面對死亡，說期待死去是比較好聽的說法，其實我當時真正的感覺是……寂寞。非常非常寂寞。」

他轉換語氣，微笑著說：「而妳就這樣出現了。這樣說可能有點奇怪，過去無論在孤兒院或是在騎士團裡，我從來沒有擁有過自己的房間，也沒有屬於自己的東西。不只空間必須和所有人一起分享，食物也是，用品也是，除了我的馬和盔甲以外，這世上沒有什麼是真正屬於我的。直到在這裡與妳相遇，我才發現，心裡有一塊被填滿了，原來我一直渴望能有自己的家，和心愛的人一起生活，一起度過平凡的每一天，一起吃飯、一起睡覺，這是我的夢想，而我不曾發現這一點，直到付出了極大的代價才明白這件事。」

布萊恩的坦白令法雅動容，她非常慶幸自己此時背對著他，所以他看不見她眼角泛起的淚光。他為什麼總能這樣輕易地碰觸到她心靈的最深處，讓她忍不住落淚呢？

對布萊恩而言，不用與法雅面對面，也讓他能夠更坦然地說出這番話。他揉了揉她的頭，將她輕拉進懷裡，親吻她的頭頂低聲說：「夫人，還滿意我今晚的服務嗎？」

她回過身，給他一抹含著淚的微笑，主動吻了他。

當她的唇離開他時，他露出微笑，撫摸她的頭，欣賞她長髮披肩、衣著凌亂且微微含淚的可愛模樣。

她的表情似乎開始有些昏昏欲睡，他知道這表示剛才的按摩起到效果了。當身體因按摩而放鬆下來後，會想睡是正常的。雖然法雅如此誘人的模樣讓他很想再對她做些什麼，但今晚她顯然已經累壞了，暫時先放過她吧。

「我們真的該睡了。」他朝她低語。

「嗯。」她同意地點頭，眼睛幾乎已經睜不開了。

「留下來一起睡？」他問。

「嗯……除非有人抱我回去，不然我不想再走回我的床。」

她的聲音軟得幾乎聽不清。他笑了出聲，和她一起躺下，並吹熄了蠟燭。

「晚安，我親愛的法雅。」

他在黑暗中說道，感覺她朝自己靠了靠。

「晚安，布萊恩……」

翌日早晨，當法雅醒來時，聽見窗外傳來隱約的雨聲，強勁的風勢夾帶雨點擊打在玻璃窗上，造成一陣又一陣刷刷聲響。

氣溫比昨晚驟降了許多，她在溫暖的棉被裡翻了個身，感覺有人親吻了她的額頭。

「早安。」

她睜開眼，對上布萊恩微笑的眼睛。

「早……」她的聲音仍飽含睡意，昏昏沈沈的。

他親暱地將她攬過去，吻著她的臉，溫暖的手掌則伸向她的後背，輕柔地摩挲著。

他指腹上的厚繭擦過她敏感的肌膚，伴隨按揉的力道，為她帶來無比舒服的感受。

法雅閉上眼睛，像打呼嚕的貓一樣拱起背，心想，以後能嫁給布萊恩的人一定很幸福……

「我唯一認定的妻子是妳。」布萊恩忽然這麼說。她疑惑地睜開眼，發現他以認真的表情注視她，這才發現自己將心裡的話說出來了，不禁摀住嘴。

他看著她驚慌的模樣，垂下目光，拉過她的手問：「妳是睡昏了，還是準備拒絕我？」

他的語氣平穩，和方才沒有不同，但是法雅隱約覺得他似乎生氣了。

「我沒有……」她虛弱的反駁剛出口便消失在他的吻中。

昨晚被仔細按摩過的身體，此時仍沉浸在虛軟的倦怠之中，像是浸泡在溫水裡一樣，反應也跟著變得緩慢。

布萊恩注意到她的狀態，不疾不徐地把她拉過去繼續親，手也在她身上開始遊走。當他撫過法雅昨晚被細心照料的後頸時，她立刻舒服地閉上眼。他凝視她，讓她靠在他懷裡，繼續以按摩般的方式，維持固定且柔緩的節奏碰觸她。她的身體已非常習慣這樣的碰觸，因此毫無防備地任由他的手逐漸往下。

布萊恩的手順著她細緻的肩膀滑向肩胛骨，接著沿著脊椎兩側揉按，直到後腰。當他按住她腰後的某個點時，她的呼吸忽然變得急促且輕柔。這是時常久站的人容易累積壓力和疲勞的地方，他深悟這一點，並且刻意沒有控制力道。

「那裡……」她忍不住出聲，在他懷裡發出一串細微的嗚咽。

「要我停下來嗎？」

「不要。」她立刻微弱地說。

他微微一笑。這就是按摩最有魅力之處，越是疼痛的地方，越希望能被人仔細關照。

但他選擇在這時停手，並刻意緩緩地離開她。法雅察覺到之後，睜開眼睛，以迷惘且微帶失落的眼神看著他，令他心裡感到一絲邪惡的愉悅。

「不上點藥膏恐怕不行。」他說，「妳累積太多疲勞在那裡了，但我不方便起身拿藥，可以幫我嗎？」

她點點頭，撐起身體越過他，取來桌上的藥膏。

「轉過去。」他接過藥膏後，要她背對自己躺好，法雅像期待的小貓一樣，安靜且乖巧地照做。

布萊恩不疾不徐地順著她的背脊向下撫，解開她背後的釦子，一顆接著一顆，讓她的後背逐漸暴露在他眼前。

感覺背部傳來的涼意，她終於意識到他準備做的事有多麼親密，身體忽而一僵。但布萊恩沒給她思考的時間，沾著藥膏的手便潛入她鬆開的衣內。

「啊，好冰！」

當藥膏觸上皮膚時，冰涼的感受刺激得她一陣顫慄。

布萊恩以溫熱的指腹推開藥膏，接著用拇指將藥膏推入她最痠痛的點。

法雅忍耐著沒發出呻吟，只有呼吸和顫抖洩漏出她的感受，這個壓抑的舉動令布萊恩露出微笑，心裡更想欺負她。他沾了更多藥膏，抹在她後背上，而後大面積地推開，享受她倒抽一口氣又拚命忍住的聲音。

昨晚刮痧過的地方，此時呈現葡萄般的紅紫色，密密麻麻的痧由她的後頸一路延伸到背部。他以手指撫過她出痧最嚴重的地方，拇指開始沿著脊椎兩旁畫圈按壓，輕易找到那些會讓她痛到屏息的點。

「別憋氣。」他在她耳邊低語，「試著深呼吸，會痛的話就叫出來。」

「……嗚。」

她發出非常微弱的呻吟，伴隨著不穩的呼吸在他懷裡輕輕顫抖，輕易撩撥起他的欲望。他眼神一暗，雙手順著她的腰逐漸往上走。此時的法雅光是忍住疼痛就耗盡力氣，完全沒意識到他的手掌不著痕跡地來到她胸前，直到推開她的胸衣，大手罩住她柔軟的雙峰。

「啊！」她突然睜開眼，驚慌地說，「不行……嗯！」

他有力的手指忽然收攏，以按摩般的力道開始肆意愛撫她的雙乳，嬌嫩的柔軟隨著他的手指不斷改變著形狀，強烈的感覺席捲而來，讓法雅發出難以承受的呻吟。

布萊恩並未脫下她的衣服，而是從背後探入衣內，使得她只能隔著衣服抓住他的手，卻無法阻止他的動作。

「布萊恩……」

那個唯有丈夫可以碰觸的地方，正被布萊恩的雙手不斷愛撫著，這個認知讓法雅不知所措。她能感覺他的呼吸變得急促，雙手充滿占有欲地用力揉弄她，卻又同時從背後溫柔地親吻她的耳廓，讓她幾乎淪陷。

這時，布萊恩沾有藥膏的手指突然來到她的乳首，食指飛快地撥過她敏感的乳尖，突如其來的刺激讓法雅驟然睜大雙眼。

「嗚！」

她聽見布萊恩在背後發出輕笑，隨即他兩手的食指開始毫不留情地撥弄她的乳首，以極快的頻率刺激那脆弱的部位。法雅無法承受這樣的刺激，開始在他懷裡扭動掙扎，「布萊恩！不要，不可以……啊啊……」

「噓。」他在她耳邊刻意壓低聲音道，「外面的守衛會聽見。」

她連忙摀著嘴，眼裡寫滿驚慌。他則更加肆意地愛撫她，甚至以拇指和食指輕擰那個已經腫脹挺立的地方，讓她在他懷裡發出低泣。

法雅的呼吸隨著他的碰觸越來越急促，緊繃的身體也越來越熱，動情地微微顫抖著。她的反應讓他早已抬頭的欲望更加脹大，不禁失控地環住她的腰，將她壓向自己。

法雅只感覺有硬挺的東西抵住自己的臀部，意識到那是什麼，立刻激烈地搖頭，「不行，不可以！」

「別害怕，我不會現在要妳。」他啞著聲音道，語氣裡飽含忍耐和警告。他的傷勢還無法負荷他此刻想對她做的事，但她如此毫無防備又缺乏自覺的模樣，令他對她又愛又氣。

法雅在他懷裡害怕地僵硬著，像嚇著的小貓一樣靜止不動。

那可愛的反應讓布萊恩捨不得再嚇她。他輕輕嘆了一口氣，光是像這樣擁著法雅，就令他感到前所未有的滿足，但是她居然假設他以後會娶其他人為妻。

「法雅，我不要其他人做我的妻子，妳明白嗎？」他收攏雙臂，俯首親吻她的頭髮，低語道，「除了妳，我誰也不要。」

「布萊恩……」

法雅的聲音微顫，聽在他耳裡如此柔軟而誘人。

他嘆息著撥開她的頭髮，親吻她柔軟的頸窩，另一手在她凌亂的裙內緩緩開始移動，由腰部逐漸往下探。

她沒有推開，也沒有從身下逃走，只是睜著大眼，感覺布萊恩的手來到她腿間最私密的地方，忍不住緊張地闔緊大腿。

當他的手指隔著裡褲碰到她的花核時，法雅不由得害怕地握住布萊恩的手。

「布萊恩……」

他在她耳邊柔聲說：「放鬆，讓我取悅妳，我不會弄痛妳。」

她屏息鬆開他的手，隨即，那粗健有力的手指便潛入薄薄的布料中。

他並未脫下她的衣裙，因此法雅看不見他的手，只感覺他的手指輕柔地撥開她的花瓣，另一手則按著她的腿，不讓她闔上。最脆弱的地方被迫敞開，他的手指旋即探入，在柔軟的花瓣間肆意撫弄，接著指尖忽然按向她的花穴入口。

「啊……」

猛然被手指入侵的感受令法雅蜷縮起來，發出難受的呻吟。布萊恩抱著她，不斷在耳邊低聲安撫，同時手指在她體內輕輕探索。她的花徑早已溼潤，緊緻的內壁包裹著他粗長的食指，在他緩慢開始抽插時，像小嘴一樣緊緊吸住他。

法雅努力適應他的入侵，突然嗚咽出聲，不敢相信他竟將第二隻手指放進來。

「不，不行……」

「已經是極限了嗎？」

布萊恩從背後親吻她，手指和緩地來回抽送，等法雅終於稍微適應之後，他逐漸加快抽插的速度，同時留在她體外的另一手也來到她腿間，以按摩般細緻的手法刺激她敏感的花核。

內外都遭到愛撫的法雅，被過分強烈的快感狠狠攫住，無法克制地顫抖起來，逐漸被布萊恩推上了歡愉的高潮。

「啊嗯——」

她努力壓抑住呻吟，全身劇烈地一陣顫抖，接著像是渾身力氣都被抽離一般倒入布萊恩懷裡，劇烈喘息著閉上眼，原本蓄滿眼裡的淚水瞬間滑落臉頰。

他將手從法雅體內撤出，溫柔地擁抱她，吻去她的淚水，「再睡一會，我會照顧妳的。」

他的聲音和擁抱如此令人安心。法雅逐漸放鬆下來，高潮後的倦怠和安適感旋即像溫暖的海水般包圍住她，她努力抗拒一會，終究抵擋不住睡意的誘惑，閉上眼再次陷入沉睡。

等法雅再一次醒來時，窗外的雨已經停了。

她望向窗外的天色，發覺烏雲散去的天空裡，太陽已上升到天空的中央。她心裡莫名升起恐慌，感到大事不妙的本能令她迅速爬起，接著發現自己不是在伯爵宅邸，而是在教廷。

身邊的傷患愉快地放下手中的書，看著面露困惑的她，「早安，或者該說午安。」

午安？法雅不敢相信自己居然睡了這麼久！想起錯過早晨時間，她連忙問：「瑪莉呢？」

「我直接讓她回去了。」

「什麼？」

「我不能讓她進房，看見妳這副模樣睡在我身邊吧。」

她低頭看著自己，發現身上的衣服無比凌亂，想起早晨發生的事，連忙徒勞地整理自己。

她紅著臉狼狽的模樣映入布萊恩眼裡，顯得異常可愛。

「你應該叫醒我。」法雅小聲譴責道。

「我不要。妳需要好好休息，而且妳睡著的時候好可愛，怎麼吻都不會醒。」

她抬頭瞪他，「……偷襲妻子是你的新嗜好嗎？」

「啊，妳終於有身為我妻子的自覺了，我好高興。」

他的語氣聽起來真的很高興，法雅不知道如何是好地低下頭，想到昨晚主教才叮嚀過她的話，她不禁臉色一白。

明明已經決定要離布萊恩越遠越好，但他只憑簡單的幾句話和一把梳子就輕易將她誘近，對她為所欲為。

法雅將目光望向他身上的繃帶，慶幸傷口暫時限制了他的行動。他的每一次碰觸，對她來說都存在巨大的吸引力，如果他不停手，她遲早會把自己完全交出去，讓他對自己做任何事……

「為什麼要這樣看著我？」布萊恩問。

她趕忙下床，低著頭不敢看他，「我要先去洗澡。」

法雅拋下這句話便消失在屬於她的小房間。

布萊恩目送她的背影消失在門後，隨即收斂起目光中的笑意，喚來門外的守衛。

守衛聽完他交代的事項後，面露詫異地點頭，旋即前往執行。

等法雅回到房中時，身上已換上新的雪白裙裝和圍裙，長髮也再次仔細紮起。

她隱約感覺布萊恩不懷好意地盯著她的頭髮，立刻決定裝作沒有發現，無論他如何誘惑，她都不會再上他的當了。

這時，忽然有人敲響了房門。

法雅的心立刻提了起來，過去打開門後，發現敲門的居然是守衛。

「夫人，這是布萊恩大人要給妳的禮物。」

他將一份包裹交給法雅，上頭還繫著一條金色緞帶。

禮物？

她詫異地回頭看向布萊恩。這瞬間，守衛看見法雅後頸上布滿了紅紫色的瘀傷，立刻睜大眼睛，將不敢置信的目光投向布萊恩。

布萊恩同時感受到法雅和守衛不同程度的驚訝目光，先朝她微微一笑，接著向守衛皺起眉。

守衛張了張口，硬是把想說的話吞下去，最後只能對他投以一種不認同的目光，悄然退下並關上門。

布萊恩被他看得有些莫名其妙，但他選擇忽略，將注意力放在法雅身上。

她仍站在門邊，雙手緊握著沉甸甸的包裹，彷彿擔心禮物會憑空消失一樣。

「打開看看？」布萊恩柔聲建議道。

法雅抗拒著誘惑，同時努力壓抑收到禮物的開心，轉向他小心地問：「為什麼要送我禮物？」

「因為我知道，這是妳現在最渴望的。」

她茫然地看著他，心想，她現在最渴望的就是平安離開這裡，離開他，回到彼得身邊。但當打開包裹，發現裡頭是一份燙金的信紙信封組，以及一整套沾水筆和墨水時，法雅的呼吸不由得一滯。

他居然記得……

眼淚潤溼了眼眶，她立刻深呼吸，壓抑想哭的衝動。

「……謝謝你。」

她忍住馬上跑過去擁抱布萊恩的衝動，對他露出感激的微笑。

布萊恩凝視她含淚的笑容，心裡變得一片柔軟。他伸手取過收在床邊的用餐桌，過程中牽動到胸口的傷，使他痛得皺起眉，但他沒讓法雅發現，只是無聲地拍了拍床鋪讓她過去。

法雅猶豫一會，最終還是走向布萊恩，在他的床上坐下來，將信紙、墨水和筆依序放到用餐桌上，提筆一字一句寫下給房東太太和彼得的信。

布萊恩在一旁默默地守護她，直到法雅將信件完成後，他接過她的筆，以教廷內部使用的信封格式，幫她寫下她念出的地址，最後喚來守衛替她將信送到信差房。

「謝謝你。」

法雅對布萊恩感激地說完，便起身主動將用餐桌收好，接著離開床鋪。

「還在介意早上碰妳的事嗎？」布萊恩蹙眉，察覺她似乎小心翼翼地拉開距離。

法雅搖搖頭，卻背對他，不願讓他看見表情。

「我說過，我希望以對待妻子的方式對待妳。」布萊恩說，「如果妳不願意，可以告訴我。」

「不是的，我……」

她說到一半便止住話語，露出迷網的表情。

她到底該怎麼做才好？布萊恩總是有辦法讓她輕易淪陷，她根本無法阻止自己愛上他……

但主教已經說得很清楚，教廷絕不可能讓布萊恩真的娶她為妻，他是被教皇看重的聖殿騎士團長，如果與她扯上關係，不只會失去名聲，甚至有可能害他遭遇危險。

而她……審判庭早已列出好幾條足以讓她被送上火刑臺的罪狀，若再成為教廷的阻礙，只會讓他們有更多理由除掉她，倘若無法活著回到彼得身邊，那孩子也將失去最後的依靠……

她是不是應該現在就明確地拒絕布萊恩？這樣，就不用再繼續扮演他的妻子，離別時也不會那麼痛苦……

但是，這也意味著接下來的時間裡，他不會再溫柔地碰觸她、擁抱她，讓她在充滿安全感的臂彎中入睡，她貪戀的一切都將被剝奪。光想到這裡，就令法雅難以忍受。

她低著頭，努力逼自己做出抉擇，這時突然一團黑影掠過她的視野。

她像受到驚嚇的貓一樣，猛然睜大眼睛，本能地跳上最安全的地方——布萊恩所在的床。

發現原本不肯接近他的法雅突然無預警跳到自己身上，布萊恩立刻全身緊繃，抱著她擔心地問：「怎麼了？」

「有……有老鼠……」

她看起來快哭了，手指無意識地緊抓住他，驚魂未定地看著地面。

布萊恩愣了一下，露出奇異的表情，「妳會怕老鼠？」

她沒有回答，甚至沒聽見他的話。

他等待她冷靜下來，發現她眼角掛著淚珠，身體仍在微微顫抖。

布萊恩有些憐愛地摸了摸法雅的頭，低聲說：「這麼怕老鼠，妳是怎麼在孤兒院生存下來的？」

「……我、我不知道。」

她的聲音第一次帶上顫音，顯得無比可憐。

布萊恩忽然想起，自己的妹妹也很怕老鼠。年幼的艾瑪每次看到老鼠，都會尖叫著躲進他懷裡，必須安慰很久才肯放開他的衣角，他也因此從小就練就抓老鼠的本領。

若不是現在他無法下床，他很樂意為法雅抓走那躲在牆角吱吱作響的小東西。令他心疼的是，當年年幼的法雅身邊沒有保護她的兄長或姐姐。在孤兒院那種環境下，老鼠蜘蛛必定是常客，而且會怕的孩子非常容易被其他膽大的孩子當成欺負的對象，他自己再清楚不過。

但是剛才法雅被嚇到時，第一時間不是逃向離她更近的門口，而是本能地跑向他。這是否意味著，她的潛意識已經開始信任他了？

法雅這時終於發現自己坐在布萊恩身上，立刻想移開，但他強硬地握住她的腰不讓她走。

「放開我，我會壓到你的傷口……」

「妳不會。」他說，「我喜歡像這樣抱著妳。」

她低頭看著他身上的繃帶，不敢大力掙扎，只好說：「但我們不能一整天都這樣，得想想辦法。」

「別擔心，教廷裡偶爾會有老鼠出沒，所以我們配有專門的捕鼠人。」

知道這個訊息後，法雅明顯鬆了口氣，「那趕快請他們過來吧。」

「不，我們之間還有問題沒解決。」

他邊說邊用指尖挑開她背上的蝴蝶結，手掌霸道地探入衣內，撫上她細緻的肌膚。

「妳討厭我這樣碰妳嗎？」

法雅被突如其來的碰觸嚇到了，微微抗拒著點頭。

「真的？」

他的手掌滑向她的胸口，隔著衣料輕輕愛撫，觀察她擰起的眉毛和溢出的喘息。

「討厭的話，就推開我。」

她的手握住布萊恩的手腕，卻沒有使勁推開他，表情也顯得猶豫和忍耐。

「這是什麼意思？」

「布萊恩，不要……」

「不要什麼？」

她再次拒絕回答。他的臉色一沉，大手忽然猛力一扯，衣領和圍裙立刻被他拉開，讓上半身暴露出來。

「不，不要……你要做什麼？」

布萊恩不給她時間緩衝，將她的胸衣扯開後，埋首狠狠含住法雅的乳尖。

「啊啊！不行……嗚嗯……」

布萊恩這一次完全不理會她的抗拒，從背後握住她的身體，逼她挺起胸膛，將嬌嫩的蓓蕾送入他口中。

法雅發出破碎的呻吟，雙手握住布萊恩寬厚的背頸，身體本能地貼向他。

她的反應令他欣喜若狂，埋首給予她更多歡愉。乳尖傳來的刺激和偶爾被咬住的疼痛令法雅哭了起來，他的霸道和強硬令她更不知所措，卻又讓她明白，自己被深深渴望著。

她也渴望他，被心愛的男人擁在懷裡，並且深知他永遠不會屬於她，讓她根本無法親手推開。

「不要，求求你……」

她越哭，布萊恩就越發在她胸前施虐，蓓蕾被他吸得用紅又腫，但他似乎覺得不夠，以嘴唇折磨的同時，手也擰住另一邊的乳尖，用指腹的厚繭和指甲不斷刮弄，弄得法雅渾身顫抖，哭得更加厲害。

「好痛……布萊恩……」

她壓抑著哭聲，虛弱地喊著他的名字，令他眼神罩上陰影。

「說妳想要我，願意嫁給我。」

法雅哭著不肯說，布萊恩便唇齒並用地逼她，但她始終不肯鬆口，反而布萊恩被她哭得梨花帶淚的模樣弄得有些不忍心。

「妳在顧慮什麼？」他用力握住她的手，凝視她的雙眼問，「告訴我。」

她沒有回答，而是以含淚的眼神回望他。

即使身在他懷裡，法雅仍不願意將困擾她的事告訴他，不肯向他求助。

布萊恩得不到答案，挫敗地俯首，猛然吻住她。她啜泣著回應他的吻，身體輕輕靠向他，無聲地透出對他的依賴與渴望，但她心裡仍有一處是他無法碰觸的。

布萊恩知道許多非常有效的逼供方法，但他一點也不想用在法雅身上。她看起來如此柔弱，內心卻比他想的還要倔強，都哭成這樣了卻什麼也不肯說，他根本不忍心繼續折磨她，害怕不小心弄傷她。

等到身體康復後，他會立刻調查教廷究竟對她做了什麼，查出她不肯說出口的所有祕密，屆時一切都會水落石出，他會讓每一個傷害法雅的人都付出代價。但現在，他迫切希望能確認她真正的感受。

「法雅……」他伸手按住她的心口，「不管妳在害怕什麼，顧慮什麼，我只想知道妳這裡真正的感受。請妳忘記其他人說了什麼，或所有令妳害怕的事物，只要用這裡回答我……妳討厭我嗎？」

她立刻搖頭。

「那麼，妳願意嫁給我嗎？」

她的心跳在他手掌下忽然加速，同時她琥珀色的眼眸對上他深沉的藍眼，忽然想到什麼而閃過一絲恐懼。

「不，不要思考。」他說，「看著我，我只想要妳用內心回答我……等我康復之後，妳願意繼續和我在一起嗎？」

她聽了之後，過一會才非常輕、非常輕地點了點頭。

「……布萊恩康復後，還會想要我嗎？」她小聲地問。

「當然！」他無比肯定地說，「在我心裡，妳已經是我唯一且最親愛的妻子了。」

他將她擁入懷中，感覺她的眼淚落在他肩上。

「別哭。」他輕聲安慰她，視線落向她方才被他狠狠折磨的地方，只見脆弱的乳首布滿牙印，可憐地充血顫抖著。

他心疼地說：「我太粗魯了，很痛嗎？」

「還、還好，沒有按摩那麼痛……」

法雅小聲的回答令他不禁露出微笑，「那還願意給我按摩嗎？」

「願意！」她答得飛快，同時害羞地遮住自己的身體。

布萊恩心裡終於放下一顆大石，感覺法雅依偎在他身上，心裡變得無比柔軟。

他為她重新穿好衣服，接著溫柔地抱著她，親暱地親吻她的額頭和臉頰。

法雅在他的懷抱裡貪戀地閉上眼睛。多希望等一切結束以後，他仍能像此刻一樣，以他那雙深邃的藍眼全神貫注地注視她，擁抱她、親吻她，一如她是他珍愛的妻子……

布萊恩等法雅平靜下來後，便讓守衛喚來捕鼠人。

捕鼠人迅速到來，並極有效率地抓到躲在床下的老鼠。

只見捕鼠人以熟練的技巧，將老鼠的尾巴繞過小指，然後用拇指和食指捏住老鼠的耳朵，一隻手就把老鼠抓了起來。在他的掌握下，黑溜溜的小老鼠朝上露出毛茸茸的肚子，四隻小爪子在空中拚命掙扎，發出緊張的吱吱聲。

捕鼠人把老鼠一把丟進布袋裡，法雅驚魂未定地問：「你會怎麼處理牠？」

「通常我們會淹死牠，或拿去餵貓。」捕鼠人聳肩。

她有點於心不忍，於是鼓起勇氣說：「我可以看一下牠嗎？」

捕鼠人將袋子交給她。

法雅用顫抖的手接過袋子，發現老鼠在布袋裡不斷扭動。她用手心輕輕捧住袋子底部，感受到老鼠隔著袋子趴在她掌心中，小小的身軀傳來溫暖的鼓動。

布萊恩拿起桌上的麵包，剝了一小塊交給法雅，法雅接過後小心翼翼地將麵包伸向袋中的小老鼠，牠嗅聞了一下便伸出小手捧住麵包，顫動著小鬍鬚吃了起來。

「好可愛……」法雅喃喃地說。

布萊恩讓捕鼠人留下老鼠，後者立刻行了一禮，沒有多問便離開了。

法雅抬起頭，對布萊恩說：「我一直很害怕老鼠，沒想到牠其實一點也不可怕……」

「恐懼通常源於未知。」布萊恩說，「就像人們恐懼未知的巫術，所以展開獵巫一樣。」

她驀然睜大眼睛，吃驚地看著他，「你反對獵巫嗎？」

「放任群眾互相指認誰是魔女，讓無辜的女子背負罪名被活活燒死，這種事與我認知的正義相差甚遠。」

「你……你的看法和教廷很不一樣……」

「我說過，雖然我在教廷的孤兒院長大，但真正的教義並沒有聽進去多少。」

法雅看著他，在心裡反駁：不是的。不是教義的問題，而是布萊恩擁有公正善良的心。她此刻終於確定，布萊恩不會唾棄被教廷認定為魔女的她，絕不會和教廷一樣將她送上火刑臺。

儘管這不能改變她現在的處境，但心裡對布萊恩的愛和信任又增加了許多。

「這隻老鼠，我們該拿牠怎麼辦？」她小聲地問。

「妳到過教廷的中庭嗎？」布萊恩忽然這麼說。

法雅搖頭。

「那麼，等我能下床走動的時候，我們一起去中庭把牠放生吧。」

沒想到布萊恩居然會提議放生，而不是殺掉牠，讓法雅驚訝地點頭，心裡再次感到他的溫暖和仁慈。

然而，一想到他能下床帶小老鼠到中庭的日子，就是他們必須分離的時候，她不禁紅了眼眶。

他們暫時找來一個放藥的小鐵盒，把小老鼠養在裡面。

這時，廚子帶著他們的晚餐走進房裡，看見房裡的兩人都待在床上，不由得有些稀奇。

然而等她走近一看，發現法雅被布萊恩抱在懷裡，眼角有些溼潤，後頸更布滿紅紫色的傷痕。心直口快的她立刻瞪著布萊恩，目光飽含譴責道：「大人！我不敢相信你竟然這樣對待夫人！」

布萊恩被無端地指責，皺起眉微微鬆開法雅，「什麼？」

法雅直起身後，用手背擦了擦眼淚，但沒有離開他身上。

「我沒事，只是剛剛看到老鼠……布萊恩正在安慰我。」她朝廚子露出微笑，同時她的手無意識地放在布萊恩身上，像要保護他一般。

這個微小但充滿信任感的舉動令布萊恩心動不已，胸膛裡的心跳驀然加快，表面上卻板著臉，無視廚子從指責轉為疑惑的目光。

廚子來回看了看他們，欲言又止，暫時先放下食物離開。

稍晚等他們用餐完後，廚子回來取碗盤，終於逮到機會，將法雅拉到一邊，一臉心疼地問：「布萊恩大人打了妳嗎？」

法雅滿臉困惑，完全不知道她在說什麼，廚子於是指了指她的頸部。

法雅轉過身後，廚子才看一眼她衣領下的情況，立刻倒抽一口氣，「這……這太過分了！他怎麼能這樣毆打妻子！」

「不，他沒有……」法雅處於全然的驚訝中，「他只是幫我按摩。」

「按摩怎麼可能會這樣？」

「是真的，他說那叫刮痧。」

廚子嚴肅地看著她，像個擔憂孩子的母親一樣握住她的手，「他真的沒有傷害妳嗎？妳真的沒有受傷？」

她著急的語氣和溫暖的雙手讓法雅愣了愣，心裡湧起一股暖意，露出微笑道：「嗯！他真的沒有傷害我，謝謝妳這樣擔心我，我沒事的。」

看見法雅的笑容似乎沒有異狀，而且也比上次見到她時稍微開朗了一些，廚子終於放下疑惑。

「如果布萊恩團長傷害妳，一定要直接告訴我。」廚子認真地說，「我絕對會狠狠教訓他，直到他學會善待妻子為止。」

法雅笑著點頭，心想，布萊恩已經非常精通於「善待」她了。

即使在折磨她的時候，帶給她的歡愉也多過痛苦，即使最失控時，也沒有傷害她，反而一直留心著她的反應。他唯一有辦法傷害她的部分就是心靈，但這完全不是布萊恩的錯。

廚子離去前，發現布萊恩朝她們投來疑問的眼神，她努力忍了忍，終究忍不住叮嚀道：「您要對夫人溫柔一點，下手不要那麼重！」

說完就帶著碗盤大步離去，留下一臉困惑的布萊恩，和忍著笑跟他解釋的法雅。

第4章

接下來的日子裡，布萊恩將注意力全數放在恢復體能上頭。

他每天早晨都堅持鍛鍊，總是把身體逼到極限，並數度嘗試下床走動。每一餐，他都吃下數量驚人的食物，連廚子也被他的食欲給嚇了一跳。

在充分復健和均衡飲食的搭配下，他的傷勢以奇蹟般的速度復原，任何人看到他都難以想像，他曾離死亡只有一步之遙。

對法雅來說，他的進步簡直不是正常人，但布萊恩本人似乎仍不滿意，三番兩次想要不靠拐杖走路，絲毫不在意腿部曾受過嚴重的創傷。

除了腿部需要復健以外，布萊恩另一半的時間都集中在鍛鍊受傷最重的上半身。

法雅曾試著阻止他，像他這樣重傷的人不該做激烈的訓練，但她很快就發現，騎士的體魄似乎與一般人不同，而且布萊恩的意志力強大得驚人。

他在訓練時非常專注且安靜，即使肌肉因痛苦而顫抖，汗珠順著身體不斷滑落，他的表情和動作都沒有絲毫改變，自始至終都保持穩定的速度，直到達成自己設定的目標才停止。

那堅忍不拔的意志力震撼了法雅，令她無法將目光從他身上移開。

當布萊恩進行訓練時，身軀隨著呼吸和動作起伏，隆起的肌肉線條宛如綿延的山脈，汗水在其間匯流成河，整個人都是力量和強大的化身，渾身散發驚人的魅力和性感。

偶爾他會在訓練中突然看向法雅，而她會被他眼神中的侵略和欲望震懾，彷彿她是他將自己逼向極限的原因。

直到結束訓練後，他會以炙熱的吻和過分親暱的擁抱攫住她，或強硬或哄誘地索取獎勵。

此時的他已不再需要她的貼身照料，而且拒絕瑪莉再過來幫忙。每一天訓練後，布萊恩會自己走進浴室洗澡，不再需要法雅為他擦澡。

日落後，他會抱著法雅，和她一起窩在床上看書，或是聊著彼此相遇前的生活，對未來的想法。他發現他們有聊不完的話題，而且法雅經常被他逗笑。他喜歡看著她的笑容，享受著有她相伴的時光，尤其喜歡她剛洗好澡時渾身散發溫暖香氣的時刻，還有當她忙了一天後顯得有些昏昏欲睡的時候。

這種時候，他總是忍不住將法雅拉進懷裡，逗著她、親吻她、愛撫她，直到她顫抖著在他懷裡求饒才肯收手。

兩週以後，聖靈節伴隨冬日的第一場夜雪翩然到來。

在教廷，聖靈節是一年一度最盛大的節日，整個教廷從上到下無不忙進忙出。法雅和布萊恩置身在與世隔絕的房間中，生活並未受到太大影響，但從女僕和守衛臉上的興奮，能看出節慶將近的預兆。

「你們在弓河郡，通常會怎麼過聖靈節？」布萊恩問。

「伯爵宅邸會在聖靈節舉行宴會和舞會，廚房總是會為此準備特別豐盛的食物。我會盡量請廚房留一些，好在夜裡偷偷帶回家給彼得。雖然每次回家都很晚了，但他總會醒著等我一起過節。」

法雅談到弟弟的時候，語氣特別溫柔。布萊恩看得出來，她仍掛心著弟弟的安危。

「別擔心，妳寄回去的信，應該這幾天就會有回音了。」

聖靈節當天早晨，守衛果然帶回一封信，信上以娟秀的字跡寫著法雅的名字。

「這是房東太太的字！」法雅立刻拆開信，快速讀過。

親愛的法雅：

知道妳平安無事，我就放心了。彼得一切安好，請不用擔心，我請教廷的信差進屋喝茶，等我回信再走，因此這封信寫得倉促，字跡有些潦草，希望妳別介意。妳和彼得一直都是善良乖巧的孩子，我會替妳照顧彼得，直到妳回來，也請妳好好照顧自己，不用掛心。

聖靈節快樂。

莎拉

法雅讀完後，閉上眼將信貼在胸口，鬆了一口氣，緊繃數日的心情終於放鬆下來。

布萊恩看見她拭去眼角的淚水，對她露出微笑。

她緊緊地擁抱他，「謝謝你讓我寫信回去……」

「想不想到中庭去？」布萊恩問，「今晚教皇會在聖殿舉行宴會，僕人則會聚集在中庭徹夜跳舞，我們可以一起去，順便帶里奇先生去找新的家。」

里奇先生是他們為小老鼠取的名字，取自他們小時候在孤兒院裡都聽過的童話。

「我……我想去，可是該怎麼去？」

「當然是打開這扇門。」布萊恩笑了笑。之前因為腳傷尚未復原，所以他無法任意下床跟離開房間，但現在他能正常行走了，無意繼續被困在這裡。

更何況法雅為了照顧他，自他醒後一步也沒有離開過他身邊，他想帶她出去散散心。

「門外有守衛，他們不會讓我們通過的。」法雅憂慮地說。

「為什麼？我不是罪犯，這裡也不是牢房。」

法雅搖頭。她要怎麼向他解釋，守衛們看守的對象不是他，而是自己？

「我……我比較想要待在房間裡。」

布萊恩看著她，語調一沉，「那些守衛果然在監視妳。」

法雅臉色突然變得蒼白，「不，不是那樣……我只是怕你會著涼，畢竟你的傷才剛好……」

「我從來不會著涼。」

他探詢的目光落在她身上，似乎想找出她隱瞞的事情。

法雅挫敗地心想，只要他們一走出這扇門，教廷便會知道布萊恩的傷已經痊癒了，她對教廷將不再有任何利用價值，這意味著主教會來帶走她，而布萊恩則會受到教皇的召見。

雖然她對這一天早有準備，卻沒想到來得這樣快。法雅不想讓布萊恩起疑，但也不願意讓他們的關係在今日結束。

然而當她看著布萊恩，忽然意識到……如果他們不趁今天出去，教廷終究仍會發現布萊恩的情況，而屆時她將永遠失去和布萊恩一起度過聖靈節、一起跳舞的珍貴機會。

儘管痛苦，但是法雅明白此時若選擇閉門不出，未來她將會留下無法抹滅的遺憾。

於是她抬起頭，露出下定決心的表情，輕聲道：「嗯，我想和布萊恩一起去。」

布萊恩隱約察覺，法雅剛剛做了一個重大的決定，但他不知道細節，也沒有深究。

他在她改變主意前喚來守衛，請他們幫忙準備兩人的外出服。守衛聽完露出錯愕的表情，發現騎士團長似乎完全不知道法雅不能踏出這扇門的事。

法雅朝他們露出懇求的目光，「我們只是要去中庭……如果你們擔心的話，可以跟著我們一起去。」

「不。」布萊恩說，「我和妻子一起去任何地方，不需要有任何人監視。」

法雅並未改變立場，柔聲對他說：「他們不是監視，是主教擔心你的安危。」她邊說，一邊懇求地看著他們。

守衛面有難色地撓撓頭說：「這……雖然主教有要求，但……難得聖靈節……」

布萊恩沉默地瞪著他們，另一個比較機伶的守衛立刻說：「其實我們也很想去參加中庭的舞會！如果布萊恩大人允許我們放假，那就太好了，我們這就去準備外出服。」

不多久，兩個守衛便帶回保暖的外出服，分別交給布萊恩和法雅。

布萊恩看著那疊黑色的騎士裝束，久違地穿上代表聖殿騎士的制服，並披上厚重的披風。

法雅則回到自己的小房間裡，換上紅色的絲絨長裙。這顯然是她這輩子穿過最貴重的服裝，設計典雅且十分舒適，絕對不是身為僕人階級的她能擁有的，而且她從未穿過這樣鮮豔華麗的顏色，不由得有些侷促不安。

當布萊恩看到法雅小心翼翼步出小房間時，差點打消帶她去中庭的念頭。

那套裙子將她的身型勾勒得完美無瑕，玫瑰般的暗紅色，襯得她的肌膚更加雪白，腰部的設計甚至托高了她的乳房，令他只想帶著她到床上，拉開裙子親自品嘗她的甜美。

法雅只覺得布萊恩的眼神陰沉，不安地說：「我果然不適合這樣的衣服……」

「不，妳非常適合。」

他說著脫下了披風，為她披上，遮住她裸露的肌膚和柔美的身形，不讓其他男人有機會將目光放到她身上。

「等等，這樣你會冷的！」她想脫掉，但布萊恩語調一沉，「穿好。」說完沒等她反應便攬住她的腰，動手打開房門。

門外的守衛識相地全員安靜下來，沒多說話便讓他們通過，唯有視線紛紛集中到布萊恩那隻充滿占有欲的手上。

「她應該不會像主教說的那樣逃跑吧……」守衛之一說。

「怎麼可能？」他的同伴立刻說，「看布萊恩團長這樣，絕不會放她逃走的。」

法雅不敢相信，他們這樣輕易就步出了那個房間。

踏出房門的剎那，她感覺像是踏入了一個陌生且危險的世界，腦海中一片空白。

布萊恩緊摟著她的腰，領著她走過走廊，法雅雖然意識清醒地跟著，但若要她復述他們走過的路線，她肯定做不到。

布萊恩發現她臉色蒼白，立刻停下來，帶著她轉進一個隱密的樓梯轉角。

他將法雅摟近，發現她正在發抖。

「妳會冷嗎？還是會害怕？」他低語，手掌貼上她的背，另一手握住她的手，發覺她的手心溫暖，說明她不感到寒冷。他以手掌在她背上撫慰地輕輕畫圈，低聲說：「有我在，沒有人能傷害妳。」

法雅明顯驚慌的反應令他措手不及。教廷究竟用了多麼粗暴的手段把她帶來這裡，才讓她一出房門就嚇成這樣？布萊恩抱著她，在耳邊再三對她低喃著會保護她的保證。

「如果妳會不安，我們就回去。」他低聲說。

「不……」她聽了立刻微弱地搖了搖頭，「是我反應過度了，對不起。」

「妳在害怕什麼？告訴我。」

她吸了吸鼻子，依偎著他，努力壓抑恐懼。雖然身邊有布萊恩的保護，但置身在教廷裡，仍讓她感覺像是踏入鱷魚潛伏的沼澤。如果審判庭的人認出她，如果教皇察覺她的存在，或是主教發現她違背了約定……

不，不行！她不能再任由恐懼輕易支配她。

只有今晚，她希望能和布萊恩一起度過，她必須抬起頭，讓自己平靜下來。

「對不起。」她努力平復了情緒，對他露出微笑，「我知道這毫無道理，但是一離開房間後，就讓我有種不安全的感覺……我想是因為在房間裡待太久了。」

布萊恩見到她的笑容，忍不住寵溺地揉了揉她的頭。

「在這裡，妳是聖殿騎士團長的妻子，沒有人可以傷害妳。」他說，「除非他們想與我為敵。」

「謝謝你。」

他凝視法雅，看著月光照在她淡金色的長髮上，一種她即將消失的預感讓布萊恩握緊她的手。

「跟我來。」

當他們接近中庭時，開始能聽見人群熱鬧的聲音，其中混合著隨性的樂聲、歌聲，以及一大群人一起拍手跳舞的聲音。

法雅逐漸發現，布萊恩口中的「舞會」似乎和她所認知的完全不同。

等他們踏入中庭時，法雅不由得睜大了眼睛。

只見被建築圍繞的小廣場上，男男女女的教廷僕役彼此牽起手，排成一條長長的人龍，隨樂器的節奏踩著某種特殊的舞步前進。那舞步有著簡單的動作和規律，任何人都能在加入後馬上學會，這跳著舞的人龍不斷以蛇一般的方式繞著廣場前進，中途不斷有人加入到隊伍末端，踩著一樣的舞步大聲歌唱。

此刻太陽還沒落下，但中庭裡的人們多半已是半醉的狀態，各個舞步豪邁、歌聲宏亮，每個人都充滿生命力，盡情享受著節日的氛圍，使得整座廣場放眼望去呈現一片接近失控的歡樂。

這景象和法雅經常在貴族宅邸裡看見的高雅、莊重且精心布置的舞會截然不同，而是熱情的狂歡。

除了跳著舞的人群以外，廣場周邊還擺放了許多形狀各異的桌子，有些桌子甚至是木箱簡單堆放而成。桌上鋪著各種色彩的桌巾，其上堆滿了廚子們的精心傑作，周圍的人們或坐或站地享用食物，一邊配著飲料，一邊觀賞跳舞的人龍。

布萊恩把看呆的法雅帶到中庭邊，將裝著里奇先生的盒子交給她。

她赫然想起此行的目的之一，連忙四處張望，疑惑道：「這裡對里奇先生來說會不會有點危險？」

「最危險的地方，也可能是最安全、收穫最多的地方。」布萊恩說。

她望向狂歡的人們，接著將目光投向地面，發現他說的似乎沒錯。這種狂歡的時刻，沒有人會注意到腳下有老鼠竄過，而地面上到處都是人們掉落的食物碎塊和翻倒的飲料，對里奇先生來說，或許正是大吃一頓的時候。

她小心地彎下腰，打開盒子輕輕放在地上，里奇先生沒有任何遲疑，立刻衝出盒子，奔向那滿地的盛宴，一眨眼就消失在無數裙襬和皮鞋之間。

法雅目送牠的背影，發出微笑的嘆息，起身與布萊恩相視而笑。

「我們也該來填飽肚子了，妳想吃什麼？」

布萊恩為她取來盤子，告訴她可以隨意取用想要的食物。

法雅從未有過這樣的經驗，不由得愣愣看著眼前豐盛的餐點。過去在孤兒院時，每一餐都難以下嚥，而作為僕人在貴族宅邸工作時，食物也總是被分配好的。

布萊恩察覺她的猶豫，於是鼓勵地輕推她，讓法雅自己決定想要什麼，只有在對某道菜色感到困惑時，他才會向她解釋那是什麼。

法雅感覺自己被他溫柔地照看著，像個被寵愛的孩子。布萊恩自己拿的食物樣式很少，但份量很多，似乎對喜好心知肚明，清楚知道自己想要什麼。法雅希望她也能像他一樣果決，但布萊恩本人一點也不介意等待她挑選食物，他反而因為她明顯卻乏經驗而感到心疼。

他們周圍開始有人注意到布萊恩的存在，接著紛紛注意到他身邊明顯被他護著的女孩。

「噢，是傳聞中的騎士團長夫人！」

「布萊恩團長看起來已經康復了！真是太好了！」

由於守衛不斷叮嚀廚子和女僕，主教不希望大家知道布萊恩團長在教廷裡祕密養傷的事，此刻大家不約而同地裝作沒有發現布萊恩團長和夫人出現在舞會上，選擇默默以目光守護著他們。

布萊恩敏銳地察覺他們吸引了許多關注，但沒有人上前打擾，這點令他不勝感激。

他帶著法雅在一棵樹下的長椅落坐，看著她滿懷驚奇地享用美食，吃到特別好吃的東西時，那雙靈動的大眼裡會閃過驚嘆，讓他忍俊不禁。

「真的有這麼好吃？讓我嘗嘗。」

他微微張開口，法雅便叉起一小塊肉放進他嘴裡，接著期待地看著他，等待他的感想。

「……好吃。」

他說完，便看見她露出一抹開心的笑容。

法雅似乎感染了廣場上的氣氛，情緒跟著群眾一起飛揚，裙襬下的腳不自覺跟著音樂打起拍子，目光投向跳舞的隊伍，嘴角微微上揚。這正是布萊恩帶她來這裡的目的，他希望能看見她的笑容。

夜晚降臨後，中庭亮起一盞盞燈火，遠處的聖殿也傳來莊嚴肅穆的詠唱聲，但很快就被中庭的喧鬧徹底掩蓋。當跳舞的隊伍末端經過他們面前時，布萊恩忽然起身，牽起法雅的手加入舞蹈的行列。

「來，跟著我跳。」

布萊恩對她說，示意她先踩右腳，再踩左腳，這時後頭有一個廚子和兩個馬夫加入隊伍，法雅的手立刻被牽了起來，腳步也在不知不覺中跟上了節奏。

她聽見周圍的人都用宏亮的歌聲唱著，布萊恩也開口唱了起來，她第一次聽見布萊恩唱歌，在他鼓勵的眼神中跟著試著唱出聲。完全融入群體的感覺，讓法雅整個人洋溢著喜悅的光芒，舞步逐漸帶上自信，笑容也漸漸擴大，當樂隊故意加快節奏時，人們的舞步也跟著變快，她毫不吃力地跟上了節奏，跟周圍的人們一起笑成一團。

夜深時，天空開始飄下細雪，隨著氣溫降低，廣場上的熱情也逐漸改變。大家更加放縱地喝酒，肢體接觸也開始大膽起來。布萊恩隨即帶著法雅離開隊伍，沒讓任何醉醺醺的人接近她。

此時法雅的精神仍然亢奮著，臉頰因為方才激烈的舞蹈而染上紅暈，但她的身體已漸漸顯露出疲憊。

布萊恩讓她輕輕靠在身邊休息，準備帶她回房，卻忽然注意到什麼，往某個方向望去。

「怎麼了？」法雅跟著看去，卻只看到一片漆黑的樹影。

「我看到我的手下。」

「其他聖殿騎士嗎？」法雅面露驚訝，「在哪裡？」

他沒有回答，而是將她帶到一處玫瑰花叢後方，為她戴上斗篷的帽子。

「我去確認一下，在這裡等我。」

「不，不要。」她不安地握住他的手，「我跟你一起去！」

布萊恩搖搖頭。方才他看見的是要他獨自前往的暗號，雖然他不想把法雅一個人留下來，但他確信這個地方很安全，玫瑰花叢形成良好的視覺屏障，且位置離人群並不遠，能聽見舞會喧鬧的聲音，應該足以帶給她足夠的安全感。

「別擔心，我不會走得太遠，一有異狀就呼喚我，我會馬上回來。」

「好。」

法雅乖巧地點點頭，布萊恩飛快地吻了她一下，旋即便轉身離開玫瑰花叢。

布萊恩一面移動，一面留意法雅的藏身之處。那個地方是個隱密的視線死角，如果沒有特意去看，不會發現玫瑰叢後方可以進去，若從玫瑰叢外經過的話，完全看不到個頭嬌小的法雅，這是他在孤兒院時代偶然發現的藏身所。

由於腿傷剛痊癒，他無法快速走動，但當他無聲出現在那人面前時，仍把對方嚇了一跳。

「哇！布萊恩大人，出點聲音好嗎？」

「有什麼事，理查？」

布萊恩瞪著眼前的褐髮男子，語氣冷淡道。

理查身上的裝束和布萊恩相近，皆是代表騎士團的制服，但他並不是騎士，而是布萊恩的輔佐官。他有著一雙和善的棕色眼睛，眼角微微下垂，加上高大的體格，給人一種大型犬科動物的印象。

身為布萊恩的左右手，理查早已習慣他冷淡的態度，上下打量他，緩緩鬆口氣道：

「太好了，你看起來復原得很不錯。」

「你再說一句廢話，我就要走了。」

「真是的，看到我難道一點也不高興嗎？還是說捨不得離開那女孩？」理查小聲嘀咕，俯身打開一個木箱，「新騎士盔甲，我幫你打理好了。穿上後無論遇到什麼攻擊，都不會再讓你受重傷。為了救教皇，你可是躺了整整兩個月，老天……『那位大人』可擔心你了。」

布萊恩審視著盔甲，同時說：「你一次也沒來找我。」

「這能怪我嗎？他們根本不讓我接近，你知道你房門外有守衛全天候輪班嗎？更何況，任何人只要有長耳朵，隨便往廚房或馬廄裡一站，立刻就能知道你的最新情況，教廷的僕人們簡直情報功力一流。」

「我沒有要救他。」布萊恩邊穿上盔甲，邊淡然道，「那是個意外。」

理查迅速過去幫忙，搖頭說：「恐怕除了你自己之外，所有人都已認定你是救了教皇的英雄。教廷對你可重視了，你受了重傷之後，他們立刻叫人來救你，說什麼也要讓你活下來，還把你藏到教廷的閣樓裡，害我連接近你的機會也沒有。」

身為布萊恩的輔佐官，理查負責了幾項重要的工作，包括管理他的戰馬、武器和盔甲，當布萊恩在戰場上受了無法治療的重傷時，輔佐官有義務俐落地結束他的生命，減輕他的痛苦。

教廷顯然完全沒給理查機會這麼做，正因為如此，他才能倖存下來，遇見法雅。

想到法雅仍一個人留在玫瑰叢裡，他確認好盔甲之後便準備脫下。

「你什麼時候要回騎士團？」理查問，「聽說教皇已經下了指示，等你痊癒，要把姪女嫁給你。」

布萊恩的動作猛然停下，瞪向理查，「教皇已經賜了妻子給我。」

「呃，根據我收集到的情報，那女孩是主教自作主張安排的，不是教皇。」

「我只接受法雅作為我的妻子。」他加重語氣道。

理查詫異地凝視他的臉，「我以為你的反應會是拒絕，你不是一直以來都不想娶妻嗎？」

「我改變了想法。」布萊恩說。

「但是……現在陪在你身邊的那位妻子是……」

「是什麼？」

理查謹慎地斟酌用詞，「我這裡有一些關於你妻子的情報……」

「很好。」布萊恩雙臂交叉地看著他，「說。」

「據說她本來是被關押在審判庭地牢的魔女，主教當時為了救活你，才會讓她假扮你的妻子。」

「她曾經被關在地牢？」

布萊恩萬萬沒有想到會得到這樣的情報，不由得一愣。

法雅……曾經被教廷關押過！他們竟敢這樣對她！

「冷靜，布萊恩大人！」理查被他染上殺意的目光看得心裡發寒，他不曾見過布萊恩如此憤怒，一向冷靜的團長居然有露出這般表情的時候？

「你……你也知道審判庭那些飯桶是怎麼做事的，地牢裡不知道關了多少無辜的女人，你的妻子不是特例。」輔佐官流著冷汗說，「我真正要說的是，他們打算在你康復後送走她，之後再賞給你新的妻子。我想這點你會有興趣知道……」

布萊恩的表情讓他的聲音越來越小，終究止住話語。

「法雅不可能是魔女。」布萊恩以飽含危險的語氣說。

「但你的表情活像是被魔女蠱惑的可憐男子……」理查小聲地說。

布萊恩看也不看他，迅速抄起木箱中的劍，理查立刻舉起雙手作投降狀，「別激動啊！你、你想知道她的罪名嗎？」

「說。」

「她被審判庭認定『與惡魔交易』、『蠱惑人心』，還有『詐取錢財』，前兩條已經足夠將她處以火刑。如果不是被主教找去治療你，她恐怕早已化為一堆灰燼了。」

法雅有可能命喪火刑臺的想像，令布萊恩呼吸一滯，渾身血液因憤怒而沸騰。

居然將溫柔又甜美的法雅認定為魔女！教廷難道已經墮落至此？

「那些指控全是胡扯。」他咬牙道，不敢相信法雅曾落入地牢那種地方。

被關在陰暗的牢房裡，面對未知的審判和死亡，她會有多害怕？光是想像她一個人瑟縮在牢房中的模樣，就讓布萊恩心如刀割。

「指控她是魔女的人來頭都不小，全是各地方的名門貴族。那些年輕的貴族一致指控她魅惑了沒有思考能力的長者，令他們把大筆遺產贈與她，而且據說好幾位年邁貴族接受她的照料後都奇蹟似地恢復，甚至有人康復後堅持要收她當養女。」

這與法雅告訴過他的事情不謀而合，她說過自己曾為許多貴族工作，也提到雇主都對她非常慷慨，有時甚至會讓她不知所措。

布萊恩完全能理解，那些貴族願意給予她遠高於正常酬勞的原因。法雅根本沒有什麼魔力，她擁有的是正確的醫療知識、無比的細心，和無盡的耐心與溫柔。她能一眼注意到其他女僕沒發覺的細節，總是在床邊從早忙到晚，親自確認餐點和藥物的份量，清潔打掃也一項不漏，堅持每一天為病人擦澡，且從來不曾聽她喊累。

被法雅全心全意地照顧之後，任誰都會願意給予她高額酬勞，那是她應得的，而且她一點也不貪婪，賺的每一分錢都是為了治療弟弟。對於年邁的貴族而言，錢財已是身外之物，只是他們對法雅的慷慨，反而令她遭受其他家族成員憎恨……

「拜託別這樣瞪著我。」理查說，「我只是轉述拿到的情報。」

布萊恩讓自己暫時閉上眼，壓抑內心的怒火。

他沒有想到法雅一直生活在這樣的恐懼中，不只被從前的雇主家人陷害，還被冠上魔女的罪名，落入教廷最陰森的地牢……

「主教似乎是告訴她，只要成功將你治好，教廷就會赦免她的罪行，讓她回到家人身邊。」

布萊恩聽完，睜開眼冷然道：「教廷不可能讓她走，他們一定會殺了她。」

對教廷而言，借助魔女之手治療聖殿騎士，絕對是莫大的醜聞。

等教皇知道後，一定會下令抹殺法雅存在的任何證據，這種工作經常是由聖殿騎士團負責，因此布萊恩對教廷黑暗殘忍的一面再清楚不過。

他自己曾無數次在任務中偷偷放過無辜的獵物，並不斷暗中收集這些對教皇極端不利的證據。

然而這一次，恐怕不用教皇親自下令動手，主教就會先處理掉法雅。審判庭的劊子手與地牢守衛都是由主教管轄，要讓毫無抵抗能力的法雅消失在這世上，對他們而言簡直易如反掌。

「團長，你的表情好像要殺人……」理查說。

布萊恩沒有理會他，而是望著遠處的玫瑰叢，心裡只想著一件事，法雅知道嗎？

隨即，他發現答案顯而易見。她知道，自從她和主教見面後，她就知道了。主教必定承諾事成以後會讓她恢復自由，條件是不能妨礙教皇和教廷的計畫，而法雅為了平安回到弟弟身邊，一定答應了。

儘管如此，法雅並不笨，她知道當完成工作以後，對教廷而言便失去了利用價值，所以她才會那樣害怕，而他居然一直被蒙在鼓裡！

法雅為什麼不向自己求救？為什麼要接受教廷荒謬的安排，默默忍受性命不斷遭受威脅的恐懼，甚至選擇離開他？

一旁的理查發現布萊恩的表情由盛怒逐漸轉為冰冷的某種情緒，他直覺感覺到，那股情緒遠比憤怒還要危險。

「……你準備怎麼辦？」理查小心地問道。

布萊恩背對著他，將劍繫上腰際，戴上墨色的頭盔。

隨後，他的聲音從頭盔中凜然傳來，「告訴『那位大人』，我要提前執行任務。」

法雅聽見了腳步聲，露出微笑轉過身去，卻發現來者穿著一襲夜色盔甲，不只身上、腿上都覆蓋鎧甲，就連頭上也戴著頭盔，完全看不清面容。

她不由得退後了一步，遲疑地問：「布萊恩？」

來者迅速踏入玫瑰叢後的隱密空間，不發一語地將她逼至背後的牆面，牢牢困住。她的背脊猛然貼上牆，無處可退，只能抓緊身上的斗篷。本能地意識到危險，令法雅立刻顫抖著放聲大喊：「布萊恩！布萊恩你在哪裡？」

她的聲音消散在冰冷的空氣中，沒有得到任何回應，遠處的樂聲依舊，她能聽見人們的歡聲笑語，卻沒人聽得見她的呼救。

陌生的騎士朝她頸部伸出手，下一刻，她的披風被粗暴地扯開，同時雙手被用力握住，狠狠壓到頭頂上。

失去披風的保護，法雅僅穿鮮紅禮服的身體立刻暴露在寒風中，她恐懼地睜大雙眼，奮力掙扎，「別碰我！啊——」

胸部被騎士猛然握住，接著，戴著黑色皮革手套的大掌粗魯地開始愛撫她。

法雅更加劇烈地掙扎，「放開我！我是聖殿騎士團長的妻子，他不會饒過你的！快放開！」

騎士突然用力扯開她的禮服，她瑩白的雪乳立刻失去遮蔽，男人嘲笑似地以指尖劃過她柔軟飽滿的胸型，接著猛然掐住她粉色的蓓蕾，惡意地擰轉。

法雅猛然壓抑住呻吟，開口大聲呼喊：「布萊恩！救我！布萊恩……」

同時她用力以腳踢向騎士，意圖逼退對方。但騎士全身都穿著堅硬的盔甲，她絲毫沒能對他構成威脅，反而讓他的注意力轉向她的下半身。

發現他低頭看著她的腿時，已經來不及了，下一刻絲絨裙襬被輕易掀起，法雅連忙夾緊雙腿，但那隻戴著手套的手已潛入她裙下，毫無阻礙地碰觸那唯有布萊恩碰過的地方。

「布萊恩！」法雅的呼喊變成了恐懼和絕望的尖叫，隨即因突然遭受的侵入而疼得忘了呼吸。

細緻脆弱的花穴未經任何潤滑，就被戴著手套的手指強行插入，使她痛得閉上眼，落下生理性的眼淚，不敢相信布萊恩居然讓陌生男人這樣侵犯她。

他是不是遇到什麼危險，所以才沒有聽見她的呼救？難道教皇已經發現她的存在，因此派人帶走他了嗎？想到這裡，她感到一陣暈眩，幾乎暈厥。

「深呼吸。」陌生人忽然對她說。

她的手腕重獲自由，旋即感覺對方撐住她的腰，另一手為她拉好禮服，輕按住她的胸口，「吸氣……很好，慢慢來。」

法雅不敢相信地發現，他的聲音如此熟悉，且如此溫柔，和方才對她施暴的男人判若兩人。

「布萊恩？」她哭著喘氣，「是你嗎？」

頭盔深處的目光看著她，沒有回答。她伸出顫抖的手，摘下他的頭盔，終於對上布萊恩深邃湛藍的雙眼。

「為什麼……為什麼要騙我？」她睜大雙眼，恐懼與委屈瞬間隨著眼淚一起潰堤。

「這是我要說的話。」他嘆息著為她擦去眼淚，將她柔軟的長髮攏到耳後。

原本他打算要給她一點懲罰，懲罰她瞞著他那麼多事，但是一看見她哭到喘不過氣來的模樣，說什麼也無法再進行下去。

可惡。他以前可不是這樣心軟的人，但遇到法雅以後，以往的原則都開始動搖，怪不得理查會一直用奇怪和錯愕的目光看著他。

「為什麼不告訴我，妳被指控為魔女的事？」布萊恩低聲問。

法雅忽然全身僵硬，抬頭注視他，顫抖著嘴唇卻什麼話也說不出來。

「放鬆，深呼吸。」他朝她低語，「我說過會保護妳，為什麼不信任我？我不在乎妳是不是魔女，我也不要任何其他女人當我的妻子，我說過不只一遍，妳就這麼不想成為我的妻子嗎？」

她搖了搖頭，「不是這樣……」

「妳覺得我無法從教廷手中保護妳嗎？」

她面露茫然，但看見他的目光後便遲疑地搖搖頭。

「說話。」布萊恩說，「否則我就……」

就怎麼樣？他根本捨不得傷害她，更不想要她害怕，他還能怎麼辦？

法雅發現他面露懊惱，不禁詫異地盯著布萊恩看，心想原來他也有這樣的表情……這樣的他看起來變得更像個普通人，而不是英俊又強大的聖殿騎士。

「我……」她凝視這樣的他，鼓起勇氣道，「我不是想拒絕你，但是我不敢奢望真的能成為你的妻子……你是神聖的聖殿騎士，而我只是平凡的看護女僕，我害怕你是因為我一直在身邊照顧你，不知不覺產生依賴，才會誤以為愛上了我……等你痊癒且不再需要我的照料後，你總有一天會發現，有比我更好的選擇。」

「我愛上的不是照顧我的人，我愛上的是妳。」布萊恩平靜地說，「我看起來像是分辨不出依賴和愛情的人嗎？」

法雅一時語塞，只能再度遲疑地搖頭。

「不管是教皇還是誰的姪女，就算國王要把公主嫁給我，我也不要。我想要的只有妳，包括妳這個人本身、妳對我所做的一切、妳的笑容和眼淚，悲傷和喜悅，恐懼和不安，我想要擁有的是全部的妳，不存在其他選項……因為在這世上，只有唯一一個妳。」

他的語氣飽含珍視，每一句話都像雨點落在法雅的心上，一點一滴滲入由不安和恐懼築起的外殼，緩緩向下滲透，終於落入那個一生中從未被關愛、被保護、被捧在任何人手心過，因而悲觀且沒自信的小女孩渴求的眼中，化為她眼角的淚水，輕輕滑落。

「布萊恩……」

法雅睜開淚溼的雙眼，問道：「如果你娶了我，教廷會有什麼反應？」

「妳不用擔心。」他說，「他們絕對沒有機會再傷害妳。」

「但是……」

「眼下有比那更重要的事。」

他將她拉進懷裡，大手溫柔且露骨地滑下她的背，接著表情忽然變得嚴肅，發現她整個人微微發著抖，立刻握住她的手，感覺她的手指早已凍得失去溫度。

「可惡，妳又默默在忍耐！」

法雅直到這時才發現自己在發抖，布萊恩已經撿起斗篷將她裹緊，接著突然俯身抱起她，轉身便往回走。

「布萊恩！」法雅焦急道，「別這樣，放我下來，傷口會裂開的！」

他完全不聽，以他最快的速度步入建築物，一面道：「我會教會妳即時向我求助。」

法雅茫然地抱緊布萊恩，盡可能減輕他手臂的負擔，忍受被堅硬的盔甲環繞的不適，祈求他不要拉扯到傷口。

當他們回到房間時，門外一個守衛也沒有。布萊恩踢開房門，將她抱到爐火邊的地毯上，笨拙地把她放下。

法雅一落地，立刻掙扎著爬回他身邊，努力用凍僵的手指解開他的盔甲，脫去他的上衣，接著取來繃帶想為他重新包紮。

布萊恩在她忙碌時握住她的手，熱烈地吻她。

「不……停下來，讓我幫你包紮，布萊恩！」法雅拍打他沒受傷的肩膀，哀求道，「之後你想對我做什麼都可以，求你別再動了！」

布萊恩鬆開她，如她所希望地一動也不動，但他的目光炙熱地停留在她身上，彷彿在用視線火熱地愛撫著她。

法雅感覺臉頰發燙，完全不敢和布萊恩對上視線，低著頭迅速為他重新包紮。當她剛為繃帶打好結，布萊恩立刻將她抱起，放到床上，旋即俯身覆上她。

法雅只感覺一陣頭暈目眩，接著堅硬強壯的男性身軀突然籠罩住她，令她不由自主地握住布萊恩支撐在她身旁的手臂。

布萊恩低頭凝視她。他的呼吸因欲望而變得急促，使得胸口微微泛疼，但他忽略身體的抗議，俯身以溫柔的吻奪走法雅的唇，一手伸到她頸後，輕輕撫摸她緊繃的肌肉，以按摩般規律且自制的力道愛撫她。

法雅在他的碰觸下逐漸放鬆，熟悉的舒適與安全感令她不自覺伸手擁住他的肩膀，身體也向他貼近，笨拙地回應他的吻。

布萊恩一手托住她的後背，另一手迅速褪去她的裙子。

法雅在他的唇下發出一聲嗚咽，想伸手遮住自己，卻被他握住雙手，壓制到頭頂上。

布萊恩俯視身下的美景，鮮紅的裙子宛如盛放的玫瑰般散開，露出其下的襯裙和雪白的肌膚。

「嗚……」

法雅微弱的聲音帶著哭腔，在他耳裡彷彿最磨人的誘惑。

他將她的裙子抽走，扔到床下。僅穿著襯裙的身體立即暴露在布萊恩眼前，他的手毫無阻礙地在法雅身上遊走，欣賞她泛起的潮紅和微微顫慄。

「妳好美……好柔軟。」

他撫過她柔順的長髮，順著胸口往下滑，指尖享受著她肌膚的觸感。之前為她按摩時，他已對法雅的身體無比熟悉，知道她的骨架偏小，卻不是單薄骨感的類型，而是帶著恰到好處的豐腴，每一處都令他愛不釋手。

他輕柔地愛撫她，滑過她滑膩如脂的腰部，握住她聳立飽滿的胸部，輕輕拉開襯衣一邊的肩帶，俯首將她的敏感納入口中，輕輕吸吮，直到她弓起背，發出小貓般的呻吟。

在布萊恩唇舌並用的挑逗下，法雅的呼吸變得急促且混亂，身體忍不住輕輕扭動，體內的熱浪一波又一波侵蝕著她的理智。他這時鬆開了她的手腕，但她的身體早已失去力氣，雙手只能軟軟地搭著他的肩膀，一點力也使不上來。

「布萊恩……嗯……」

他靈活的舌頭在她挺立的乳尖上不停打轉，帶來酥麻的刺激，另一手則邪惡地隔著襯衣捏住她另一邊的蓓蕾，用力拉扯折磨，讓她顫抖著抬起腰，「啊啊！」

他低笑著往下滑，大手深入裙底，迅速脫下她的底褲，扔到床下。

法雅還來不及反應，大腿就被分開壓向身體兩側，她驀然睜大眼睛，「不，不要看！」同時驚慌失措地伸手擋住布萊恩目光聚焦之處，徒勞地想保護自己。

布萊恩抬起頭，對上她含淚的目光。

「把手拿開。」他用哄誘的語氣說，「妳不會想要我把妳的手綁起來，對不對？」

法雅感受到他的威脅，呼吸變得極輕，眼神充滿哀求地搖頭。

「放鬆，讓我取悅妳。我會仔細照料妳，讓這件事變得像按摩一樣愉快。」

「……真的嗎？」

「真的，但我需要妳的信任。妳願意信任我嗎？」

法雅遲疑一會才點了點頭，「嗯，我信任你。」

「那麼，願意把自己交給我嗎？」

法雅沒有回答，只是凝視他專注的藍眼，很輕很慢地點了點頭。

布萊恩給了她輕柔一吻，接著輕輕握住她的手，從她拚命想遮掩的地方溫柔地帶開。

法雅閉上眼，完全不敢看著他，突然感覺柔軟的什麼包覆住她最私密的地方，猛然睜開眼，發現布萊恩將頭埋在她的那裡，以嘴唇和靈巧的舌尖愛撫她。

「布萊恩……不要……嗚嗯！」

太過震撼的衝擊伴隨強烈的快感，讓法雅哭叫出來，伸手碰觸布萊恩的頭髮，想阻止他。布萊恩立刻握住她的手，唇舌繼續毫不猶豫地進攻，直到她全身激烈地顫抖，迎來美妙的高潮。

「喜歡嗎？」

法雅說不出話，感覺身體彷彿被拋入海浪中，渾身力氣都被抽離，只能睜著迷濛的雙眼望著他。

布萊恩笑著翻身坐起，接著像抱起小貓一樣讓她爬坐了起來。

「來，坐到我身上。」他說。

法雅在布萊恩的牽引下，茫然地跨坐到他身上，隨即因這大膽的姿勢而紅了眼眶。她的大腿無法閉起，私處完全曝露在空氣中，剛高潮過後的花穴在裙襬下敏感地收縮著，彷彿害怕著即將到來的入侵。

布萊恩似乎不急著進攻。他豎起沒有受傷的左腿，讓法雅的臀部輕靠在上，一手握住她的腰，在那柔軟的曲線上輕輕愛撫，另一手則順著她耳後的頭髮，拇指無意識地在她頸後親暱地畫著圈。

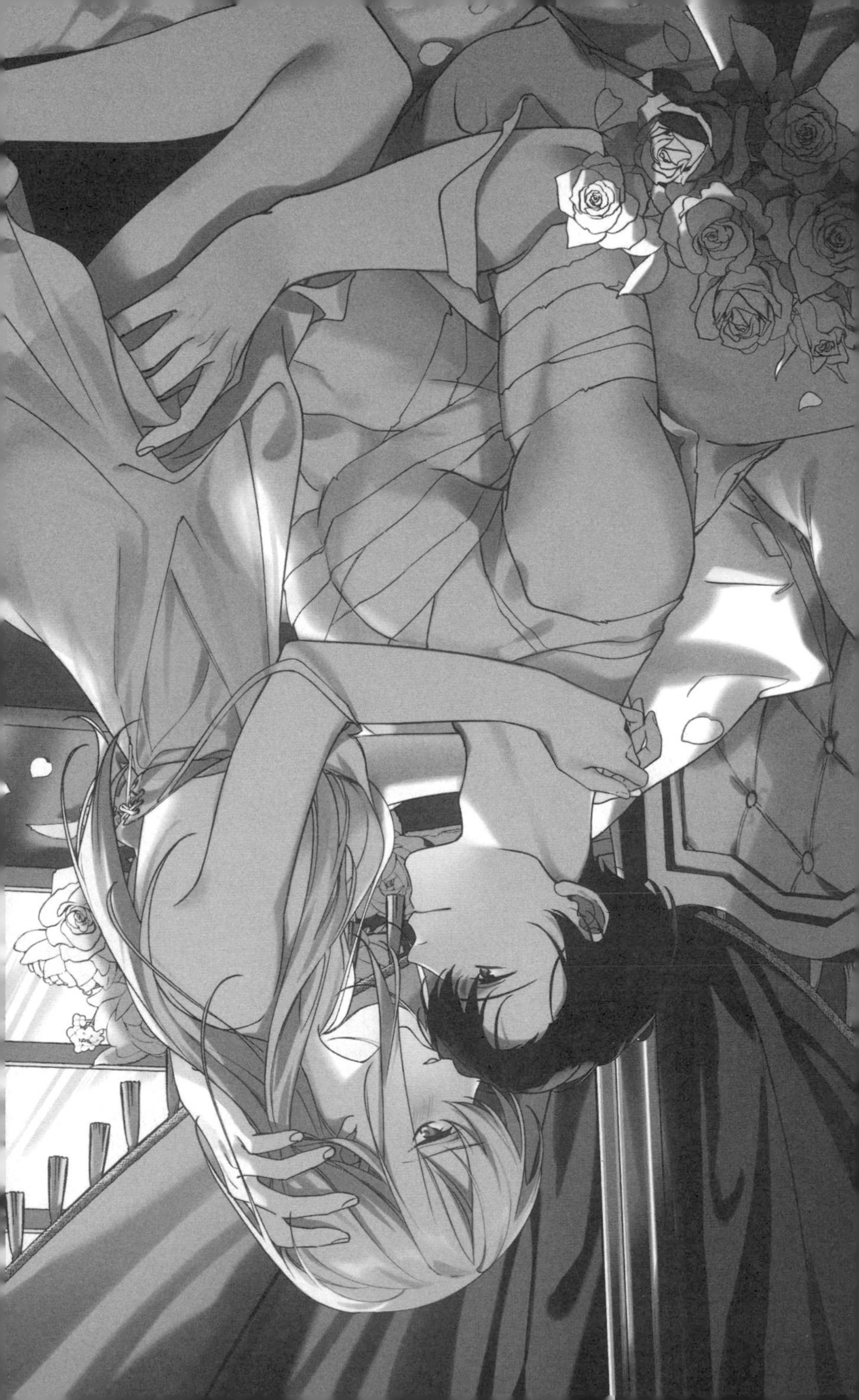

「會害怕嗎？」他對她露出微笑。

法雅點點頭，感覺他停留在她腰部的手逐漸向下滑入裙裡。

「嗚……」

他的手指輕而易舉地碰觸到花徑入口，發現裡頭已經完全溼潤，食指探入時並未造成負擔，但中指加入後，壓迫的感覺仍讓法雅皺起眉。

「好緊。」布萊恩喃喃道，一面觀察她的反應，一面低語，「放鬆一點，別害怕，想像這只是另一種按摩。」

她給他一個半信半疑的眼神，他則朝她露出微笑，鼓勵道：「沒錯，就是這樣……放鬆，把自己交給我。」

布萊恩一邊持續用手指撫慰她，一邊單手解開皮帶，褪去最後的衣物。

之後，法雅感覺他的手指離開她體內，接著感覺到他調整著他的陽具，讓碩大的頂部剛好抵住她兩腿之間的柔軟。

她將手伸向他，環抱住他的肩膀，下身則緊張得動也不敢動。他沒有脫下她的襯裙，因此裙襬剛好遮住了她的視線，但光憑感覺，她知道他的尺寸恐怕比她見過的所有陽具都還要粗長。

布萊恩一手握住自己的分身，在法雅最敏感的地方來回摩擦，碩大的頭部不斷刺激她的花徑，沾染上她泌出的花蜜，讓法雅因渴望而微微顫抖，呼吸也逐漸不穩。

「深呼吸。」他輕聲說，「我要進去了。」

法雅握緊布萊恩的肩膀，感覺他將她的身體慢慢往下帶，同時他的跨間開始向上頂入她體內。她只覺得自己被巨大又灼燙的異物狠狠撐開，那遠比兩隻手指還要粗上許多，超越了能負荷的尺寸，讓她痛得繃緊身體，手指陷入他的肩膀，眼淚也順著臉頰滑落。

「好……好痛……」

她感覺布萊恩緊緊擁抱她，卻沒有停手，陽具持續強而有力地推進細緻的窄道，中途稍微撤出一些，又更用力推入，直到完全沒入她體內。

心疼地吻去法雅的淚珠，他試著輕輕抽送，她立刻哭著說：「不……等一下……」

她沒想到他真的全然靜止下來，輕聲回答：「嗯，我等妳。」

法雅努力適應他存在於她體內的感受，但那過分粗壯的東西仍帶給她難以言喻的疼痛。

「這部分，我想快一點妳會比較好受。」布萊恩說，「抱緊我。」

語畢，他稍微調整法雅的姿勢，接著開始抽插起來。她的身體隨著他逐漸加快的動作被微微拋起又落下，並一次次讓他深深埋入她體內。

「布萊恩！太深了……啊啊！」

她的眼淚如斷線的珍珠般連續滑落，但這次不是因為疼痛，而是逐漸疊加的快感。

每一次他擦過她體內的敏感點，都讓她尖叫著顫抖，內壁也無法控制地將他圈得更緊。

法雅聽見布萊恩的呼吸夾雜著低吼，同時手來到她胸前，握住她彈動的乳房，指尖刺激那早已挺立的蓓蕾，讓她忍不住哭喊出他的名字。

「布萊恩！」

一陣特別激烈的快感突然竄過體內，引起無法抑制的收縮與顫抖，使法雅驚喘著緊緊抱住他，同時感覺布萊恩在她體內一陣興奮地快速抽插，接著將愛液盡數釋放在她柔軟的深處。

她彷彿從空中失足墜落般微微失神，接著感覺自己被布萊恩有力的雙臂穩穩接住，納入懷中。

她聽見彼此的喘息融合成相同的節奏，在溫暖的擁抱中感受到布萊恩劇烈的心跳。

等法雅睜開眼時，發現他的藍眸正閃亮地注視她，以微笑的唇親吻她。

被擁在懷中親吻的感覺，讓她感到無比滿足和幸福，不禁將手掌貼上他的胸膛，感受著指尖下充滿力量、極為性感的軀體。

他的身體此刻仍與她相連，但是在她輕柔碰觸時，他全身靜止不動，只用著幽深的目光凝視她。

她的指尖觸上他的繃帶，輕聲問：「傷口會痛嗎？」

「一點也不會。」

「你究竟是怎麼受傷的呢？」她輕撫那些已經癒合的淡色疤痕，「為了救教皇，所以才奮不顧身嗎？」

「不，我是為了救一個小女孩。」他說。

即使其他人誤會，唯有法雅，他希望能告訴她真相。

「當時，騎士團和教皇一起經過一座小鎮，準備返回教廷。我騎著戰馬，在教皇的馬車邊巡視，突然一個大約五歲的小女孩衝上來，哭著要我把姐姐還給她。我怕她被馬踩傷，就伸手把她暫時抱到馬上，聽她邊哭邊說，過了半天才總算聽懂，她姐姐應該是被當作魔女帶走了。」

他把玩著法雅襯裙的肩帶，垂下目光道：「那時，有一小群抗議教廷的激進分子埋伏在我們經過的街道旁，準備伏擊教皇的車隊。我認得其中幾個成員的臉，注意到他們行跡詭異，而且身上似乎帶著武器和炸藥，立刻大聲警告後方車隊改道，同時騎馬擋住跟隨教皇車隊前進的無辜群眾，但我來不及把那個小女孩帶回安全的地方，於是在爆炸發生的當下，我只能抱著她側身滾下馬，盡可能用盔甲保護她。」

法雅難過地握著他的手，在那個極度危險的當下，布萊恩仍試圖拯救最多人的性命，使得他無暇顧及自己的安危。

他恐怕是以右側著地墜馬，所以最重的傷口都集中在身體右邊。加上為了護住懷裡的孩子，布萊恩沒能採取最有效減低撞擊的著地方式，近距離的爆炸肯定也為身體帶來不小的傷害……沒有當場身亡已是奇蹟。

「那孩子應該能活下來。」布萊恩說，「她被人從我懷裡抱走時，還有微弱的呼吸，但我不確定她被當成魔女帶走的姐姐，現在是否依然活著。」

他說到這裡，抬手輕撫她的臉頰，「為什麼不告訴我，教廷把妳視為魔女？為什麼不讓我保護妳？」

「因為你是教廷的聖殿騎士，我一開始不敢貿然告訴你，害怕你會親手殺了我……」

「我永遠不會這麼做！」布萊恩不敢置信地看著她，「妳會什麼會這樣想？我是屬於妳的騎士，我說過我會以生命保護妳！」

「我不知道……」法雅小聲說，「我一開始無法分辨你和教廷的關係，直到你說你不隸屬於教廷，我才發現你和其他人不一樣，你對獵巫的看法、還有你的善良，讓我慢慢覺得安心。但我仍然不敢輕易相信你說的話，因為那對我來說太美好了……你一直以為我是教皇賜給你的妻子，但我卻不是，我很害怕你知道真相時的反應，另一方面……我也不覺得自己值得你這麼好的丈夫。」

「妳值得所有一切。」布萊恩凝視她的雙眼，「而且妳將是我過去、現在、未來唯一認定的妻子，我從第一次聽見妳聲音的那個早晨起，就一直想要妳。」

他這麼說的時候，她感覺他在她體內脹大了幾分，接著他猛然往她深處一頂，令她發出悅耳的呻吟。

「我愛妳，法雅。」

布萊恩吻住她，雙手來到她背後，溫柔地抱著她。

法雅也伸手環抱住他，感覺他說愛她的時候，那個深埋在體內的分身變得更加硬挺。

「我也愛你，布萊恩。」

他露出一抹微笑，令她心跳加速，接著他撐著法雅的背部，俯身將她放倒在床上，雙手撐在她身側，腰部猛然往前一頂。

「啊啊！好深！」

法雅的雙腿不自主地環住布萊恩的腰，雙手顫抖著握住他的肩膀，承受他越來越快的入侵。

彷彿要把累積的愛意與欲望全數傳達給她一般，布萊恩以前所未有的激烈方式占有她，一次次猛烈地貫穿她，讓法雅無法招架地接連抵達高潮，直到她全身痙攣地不斷顫抖，被布萊恩緊緊擁入懷中。

短暫地失去意識後，她被布萊恩抱入浴室。

「不，不要……」她難為情地想阻止，卻發現自己累得連抬起手的力氣也沒有。

「噓，讓我照顧妳。」他吻了吻她，「會害羞就把眼睛閉上吧。」

法雅立刻閉上眼，感覺布萊恩溫柔地洗去身上歡愛過的痕跡，在他舒適的照料中漸漸不敵睡意，卻強撐著不願睡著，直到感覺到自己被抱回床上，才睜開眼看著他。

「怎麼還沒睡？」布萊恩親吻了她的額頭，「身體會難受嗎？」

「不會。」法雅搖搖頭，「對不起。」

「為什麼道歉？」

「我應該早點告訴你真相……」

他用一種「妳這才知道」的表情瞪她，同時伸手捏了捏她的臉和鼻子，逗得法雅不斷閃躲並露出笑容。

等兩人都躺好以後，布萊恩將她攬近，說道：「我也有件事，沒有向妳坦白。」

「什麼事？」她睜開眼，好奇地問。

「我說過我不隸屬於教廷，這句話我只說了一半。事實上，我除了聖殿騎士的身分以外，我真正效忠的對象另有其人。」

「是誰？」

「國王陛下。」

她震驚地看著布萊恩，「國……國王陛下？」

「我是國王的祕密騎士之一。」

「可是……那……你怎麼會在這裡？」

法雅的反應令他不禁莞爾。

「因為我在教廷的孤兒院長大，因此教廷對我不會有戒心。」他解釋道，「我跟妳提過，我是因為約納主教才會進入騎士團，對不對？」

「嗯。」

「在當時的教廷裡，約納主教是和國王最親近的領袖。原本他應該會成為教皇，卻在上任前被暗殺了，凶手至今都沒有找到。教廷裡一直有傳言是現任的教皇殺了他，就為了奪取繼任的權力。在他成功上任後，教廷的勢力不斷膨脹擴張，已經威脅到世俗的政權，而且無限制的獵巫讓許多無辜女性命喪火刑臺。因此國王找上我，授予我祕密騎士的身分，幫助他取得教皇和教廷內部的黑暗機密，等待時機來臨時，便能一舉剷除現在的教皇，讓教廷的影響力恢復到從前，唯有這樣才能迎來和平。」

法雅努力消化他所說的話，「也就是說……布萊恩不是教廷的同謀，而是國王的間諜？」

他笑了出來，「我的身分是騎士，但是工作性質有點類似間諜沒錯。」

法雅沉默，心裡仍有些不敢置信。

她過去為貴族們工作，因此知道國王備受貴族尊敬，是個英明且睿智的人。有一次國王巡視到貴族的領地時，整座宅邸光是為了接待國王吃一頓飯就忙了整整半個月，所有用品和食物都經過精挑細選。

法雅和女僕們只能遠遠從窗戶看見國王的馬車停在宅邸門口，不過光是這樣，她們就已經能跟其他人炫耀一番了，而布萊恩居然受到那位國王的請託，擔任國王的騎士！

「這件事有這麼值得驚訝嗎？」布萊恩好笑地問。

「我有想過，你似乎不認同教廷的一些做法和理念，所以有點困惑為什麼你會在這裡工作，現在終於明白原因了……」

「我曾發誓遵守騎士誓約，永遠以正義對抗不公與邪惡，這是我一開始成為聖殿騎士的理由。現在的教廷已成為不公與邪惡的化身，所以我無法真心效忠教皇，唯一留下來的原因就是幫助國王，而現在，我多了一個剷除教皇的理由。」

布萊恩的手撫上法雅的頭，「我永遠不會原諒傷害妳的人，我會親手毀掉審判庭，毀掉讓妳遭到那種待遇的這一切。在受傷前夕，我已掌握了足夠打擊教廷的證據，現在我已經痊癒了，隨時都能展開行動。」

「不行，你的傷還沒有完全好！」

法雅憂慮的眼神撞上他湛藍的雙眼，發現他朝她搖搖頭。

「我可以應付，不用擔心。」

她怎麼可能不擔心？布萊恩似乎已經決定要將他的劍對準教廷，但他們仍置身在教廷的權力核心中，四面八方都是教廷的武裝守衛。

「別哭。」他說，「我愛妳，等我的任務完成以後，妳願意跟著我離開教廷，並嫁給我嗎？」

「我、我願意。」法雅哭著握緊他的手。

布萊恩擁抱她，用安慰的吻不斷親吻她，在她耳邊低喃，直到她的情緒平靜下來，在他的臂彎中沉沉睡去。

法雅在黎明前突然醒了過來，發現布萊恩單膝跪在床邊凝視她，身上穿著漆黑盔甲，單手將頭盔抱在身側。

他看見她醒來時，幽深的藍眼中閃過訝異，旋即恢復平靜地注視她。

「嗨。」

他的招呼很輕，嘴角帶著輕柔的笑意。

「你要去哪裡？」法雅坐了起來，如此問道，儘管心裡已隱約知道答案。

「我要去執行在教廷的最後一項任務，結束之後，我們就能離開這裡。」

她握住布萊恩戴著手套的手，感覺他的大掌被黑色皮革緊緊包裹著。

「我想和你一起去……」

他搖頭，「待在這裡，等我回來。」

她料想到會被拒絕，也知道那是他的工作。

然而布萊恩將離開她，涉入險境，而她沒辦法幫上他的忙，這個想法令她無法輕易讓他走。

他注視著法雅，眼神如此平靜無畏，像是已經準備好面對任何危險。她緩緩將他的手掌貼上自己的臉頰，無聲地凝視他半晌，輕輕開口。

「身為騎士的妻子，這個時候我該怎麼做？」

「給我一個祝福的吻。」布萊恩回答。

法雅將他拉過去，閉上眼親吻他的額頭、鼻子，最後是嘴唇，睜開眼道：「祝福你……凱旋歸來。」

她的每一個動作都無比慎重，俯首垂眸的模樣，純潔得彷彿故事中的聖女。

布萊恩心想，這世上居然有人將她視為魔女，簡直愚蠢至極。

他輕觸她的耳朵，拇指和食指擦過她細緻的耳廓，將她的金髮別到耳後。

「我會平安回到妳身邊。」

法雅點頭，鬆開他的手，讓他轉身大步離開房間，一次也沒有再回頭。

第6章

布萊恩踏出房間後，眨眼之間便撂倒門外兩個守衛，絲毫沒有發出任何聲音。可以的話，他一點也不想在此時離開法雅身邊。幾小時前，他才剛初次擁有她，但那對他來說遠遠不夠，他渴望和她一起入睡，在醒來後再一次占有她，將她緊緊擁在懷中，抹去她的恐懼，讓她只落下歡愉的淚水。

法雅方才擔憂的眼神和她的吻，深深烙印在布萊恩的腦海，即使現在他的身體已進入戰鬥模式，內心深處仍有一塊惦記著她，而且他知道，這份牽掛將永遠不會停止。

他思忖著，這就是擁有妻子後帶來的影響，但這似乎沒有讓他變得脆弱。相反的，他感覺內心湧起強大的力量和果決，法雅的存在，讓他有了必須平安回來的理由。

他大步離開走廊，神色凜然，毫不遲疑地遁入夜色。

教廷的建築結構清晰地浮現於腦海，他有超過一半的人生都在這裡度過，熟悉每一條走廊與每個房間。他的人手開始在黑暗中集結，而他在逐漸泛白的黎明中靜靜等待，看著陽光漸漸灑落在這座外表華美、中心卻腐敗不堪的城堡。

當最後一輛黑色馬車駛入中庭，布萊恩朝所有人員打出暗號。

在他指揮之下，將腐敗果實切除的時刻，終於來臨——

法雅獨自面對布萊恩離開後的房間，忍不住伸手碰觸他睡過的地方，指尖還能感覺到留下的一點點餘溫。

距離平時起床還有段時間，但她知道布萊恩此刻可能正面臨危險，因此無論如何也無法繼續睡。起身換上平時穿的雪白裙裝後，她一如往常將頭髮仔細盤起，接著回到床邊，整理好床鋪。

最後，她面對著門坐下，閉上雙眼，安靜地等待布萊恩歸來。

逐漸升起的陽光，從窗外一點一滴透進室內，逐漸驅散了房中的黑暗。

法雅置身在溫暖的陽光中，心裡的不安也逐漸消退。她知道布萊恩會信守諾言，平安回到她身邊，無論如何，她相信他。

昨晚布萊恩擁有她的方式此刻仍記憶猶新，她清楚記得他每一個挺入的動作帶來的感覺、他手臂擁抱的力道、他在她體內的形狀，還有他說愛她時，內心和身體深處都被他填滿的感覺。

原來被深愛的人擁有，感覺是這樣美好……

不知不覺，法雅的意識逐漸遠離，身體也漸漸傾倒，最後倒入床鋪當中。

等她再次醒來時，發現自己正被布萊恩抱在懷裡前進，不禁嚇了一跳。

「布萊恩，你回來了！我、我居然睡著了嗎？」

布萊恩輕笑著說：「妳昨晚太累了，多睡一會是正常的。」

她的臉頰驀然一紅，將臉埋入他胸口說：「放我下來，我可以自己走。」

他卻裝作沒有聽見，身上冰冷堅硬的盔甲隨著步伐發出輕微的聲響，在幽暗的走廊裡迴盪。

這時，一個褐髮的高大男子來到他們身邊，低聲朝布萊恩報告：「馬車準備好了。」

「嗯。」布萊恩應了聲，腳步未停。

不斷有人來到布萊恩身邊，低聲報告後又突然消失。

法雅這才發現，一路上都沒有看到教廷的守衛，國王的人馬似乎已經控制住了教廷，而且所有人顯然都聽令於布萊恩。

忽然間，陰暗的走廊來到盡頭，令人眩目的陽光突然灑落到他們身上。

法雅瞇起眼睛，半晌才發現，布萊恩正帶著她步入中庭。

昨晚的狂歡舞會一點也沒有留下痕跡，陽光普照的中庭裡，此時停滿了數十輛馬車，上頭皆繪著法雅見過的紋章，象徵著偉大的國王，但是車窗全用黑色拉簾掩蓋，門窗上甚至加裝了牢籠般的鐵柵欄。

越來越多僕人聚集到中庭周圍，法雅抬頭，發現建築物的每個樓層都有僕人好奇地探頭看向這邊，女僕們帶著興奮的表情注視來來去去的騎士，男僕們則詫異地看著那些不尋常的馬車。

布萊恩的一小隊手下這時回到他身邊，報告道：「審判庭已淨空完畢。」

另一位傳令官緊接著回報：「地牢裡的女性也悉數平安救出。」

「很好，送她們回家去。」布萊恩說。

「遵命。」

法雅驚訝地看見，周圍的騎士紛紛騎上自己的戰馬，策馬走向聚集在中庭旁的一小群女子，將她們一個個拉上馬背，接著依序策馬離開中庭。

其他馬車這時也開始移動，黑色拉簾使人無法看見裡頭的乘客。

布萊恩終於放下法雅，打開了最後一輛馬車的門，這也是唯一一輛沒有鐵柵欄的馬車。

當法雅準備上車時，周圍突然傳來僕人們的歡呼聲。

她不知所措地回頭，發現這些日子照顧過他們的廚子、女僕、木匠和守衛都站在僕人中，朝他們揮舞著手，每個人臉上都是欣慰的笑容。

他們是……來送別她和布萊恩的嗎？法雅感到微微不可思議，拉起裙子朝他們深深回了一禮，布萊恩則取下象徵聖殿騎士團的肩甲，留在中庭的玫瑰叢上，旋即和法雅一起坐上馬車。

關上馬車門後，車夫立刻鞭策前方的兩匹黑色駿馬，駕著馬車駛出中庭，通過降下橋梁的護城河。

法雅透過窗戶，認出她當初便是通過這座橋，被運送魔女嫌疑人的囚車帶入教廷。

這一切……終於結束了。

看著漸漸遠去的教廷城堡，她說不出心裡是什麼感受，這時布萊恩突然伸手將她拉進懷裡。

「開心嗎？」

法雅點點頭，對上他含笑的目光，接受他落下的吻。

「剛才，那些黑色的馬車裡坐著誰？」

「教廷的重要人士，包括教皇。」

法雅猛然睜大了眼睛，「你們居然可以帶走教皇？我錯過了什麼？」

布萊恩露出微笑，揉揉她的頭道：「妳沒有錯過太多，之後再慢慢告訴妳，我親愛的妻子。」

發現他的雙眼看起來有些疲倦，法雅立刻幫他卸下盔甲，「你最好休息一下，昨晚有好好休息嗎？」

「沒有。」他誠實地說，在她的照料下，緊繃的肩膀終於放鬆下來。

「稍微睡一下吧，我們現在要去哪裡？」她望向窗外的原野。

「回到妳的故鄉，弓河郡。我把妳房東信件上的地址給了車夫，我想妳現在應該最想回去那裡。」他淡淡地說，彷彿早已安排好一切。

法雅心裡瞬間被一股喜悅與感激的情緒填得滿滿的。

彼得……她終於能回到彼得身邊了！而且她不需要請求，布萊恩就已經將她的願望放在首位思考，這令她感受到無比的溫暖和重視。

「布萊恩，我不知道要怎麼回報你……」她含著淚對他說。

「只要妳快樂，就是最好的回報。」布萊恩對她微笑，接著昏昏欲睡地閉上眼。

法雅立刻挪動位置，讓他在馬車寬敞的座椅上躺下，頭部枕著她的大腿。布萊恩發出一聲滿足的嘆息，握住她的手，很快便沉沉睡去。

他們在途中換了兩次馬車，只在一間客棧買了食物後便繼續趕路，終於在第三天的傍晚抵達弓河郡。

布萊恩喚醒了懷中的法雅，「我們到了。」

她睜開眼，撐起身體望向窗外，熟悉的建築映入眼簾，窗戶透出溫暖的燈光，令她的眼神亮了起來。雖然身體因為連日趕路而疲憊不堪，但她的心思被喜悅占滿，馬車一停穩，她便和布萊恩一起下了車。

踏上門口典雅的木製階梯後，她敲了敲房東太太的家門。

「是誰？」年邁女性的聲音從裡頭傳來。

「莎拉夫人！是我，法雅。」

裡頭陷入奇異的安靜，接著門被用力打開，滿臉驚訝的銀髮老太太出現在門口，睜大銀灰色的雙眼，「法雅！真的是妳！妳活著回來了！」

法雅被她一把抱緊，有些不知所措道：「我、對不起，讓您擔心了！彼得呢？」

莎拉夫人不斷擦著眼淚，握住法雅的手，「妳一路從教廷回來，先好好休息，明天再帶妳去看彼得。」

法雅不禁面露困惑，「彼得沒有在屋裡嗎？」

「沒有，恐怕沒有在這裡。」

「那他去了哪裡？」她心裡升起不安，「求求您，快告訴我。」

莎拉夫人看著她，接著看向始終沉默的布萊恩，「這位是？」

「他是我的……我的丈夫。」

「那好吧。」老夫人轉過身，回到屋裡拿了一盞燈，「跟我來。」

她帶著兩人走下階梯，往通向小鎮外圍的小徑走去。此時天色已經暗了，法雅看著眼前的道路，逐漸想起路的盡頭通往何處，眼淚開始在眼眶裡打轉。

當墓園的鐵製大門映入他們眼簾時，法雅努力忍住淚水，握緊了布萊恩的手。

房東太太帶著他們穿過空無一人的墓園，最後來到一座小小的墓碑前。那嶄新的雪白石碑上頭，刻著彼得的名字，墳前放著一束黃色的小花。

「為什麼……」法雅顫抖著問，「發生了什麼事？」

「原本只是一場小感冒。」莎拉夫人抹著眼淚道，「應該是被隔壁家的孩子傳染的，我真不該讓他們來找彼得玩……自從妳離開之後，彼得一直很寂寞，老是問我妳去了哪裡，我以為有其他孩子的陪伴能讓他開心一點，沒想到……這孩子的身體本來就不好，普通的感冒到了他身上突然變得非常嚴重，其他孩子都痊癒了，彼得卻高燒了整整三天，醫生試過各種方法卻一直沒辦法把發熱降下來，最後只能告訴我他無能為力。彼得走的時候就像是睡著了，手裡一直抱著妳買給他的娃娃，所以我把娃娃和他一起埋葬，當作是姐姐永遠在身邊陪伴他。」

聽到這裡，法雅已經淚流滿面。

「他……他是這幾天走的嗎？」

莎拉夫人搖頭，「在妳被帶走後五天，他就走了。」

法雅驀然睜大眼睛，「但是您給我的信上說……」

「妳消失整整一週後，伯爵家的一個女僕才偷溜出宅邸，過來告訴我妳被指控為魔女的事。那時她一直哭，說妳不會回來了，因為其他被指控為魔女的人都沒有活著回來。所以當我接到妳的信，以為這是妳被教廷處死前寄回來的最後一封信，為了不讓妳難過，才會回覆了那樣的內容給妳，希望妳可以放心地去天堂和彼得團聚，沒想到……對不起，我在信裡說了謊。」

法雅哭著擁抱她，「不！請不要說對不起，謝謝您為我和彼得做的一切！」

莎拉夫人回抱她，疼惜地摸了摸她的頭。彼得和法雅就像是她的孫子孫女一樣，她看著他們長大，卻沒想到命運會如此對待這兩個可憐的孩子。

「我……我想在這裡陪彼得一下，謝謝您帶我們過來。」法雅努力擦掉淚水，抬頭說，「喪葬的費用，我會還給您的。」

莎拉夫人悲傷地搖搖頭，「妳預付的房租已經足夠了。」

她將提燈留給他們，請布萊恩好好照顧法雅，之後便轉身緩緩離開。

等她一走遠，法雅再也忍不住放聲大哭。布萊恩輕輕擁住她，她立刻把臉埋進他懷裡，哭到幾乎喘不過氣，最後連眼淚也哭乾了，只剩下精疲力盡的啜泣。

法雅不記得他們是怎麼離開墓園的。回過神時，她已置身在一間旅館的房間裡，身邊的布萊恩像照顧孩子一樣為她脫去衣服，抱著她走進已經放好熱水的浴室。當他拿起海綿，詢問地看著她時，法雅朝他搖搖頭，於是布萊恩將海綿留給她，輕輕吻了她的額頭，旋即安靜地離開浴室。

法雅在溫暖的水中打著顫，像一隻受傷的動物一樣吃力地抬起手臂，用布萊恩已沾好泡沫的海綿抹上身體，接著麻木地沖洗並擦乾自己，最後穿上布萊恩為她放在門邊的睡衣。

等她踏出浴室時，才發現布萊恩一直守在門外。

他不發一語地為法雅擦乾頭髮，牽著她回到床上，為她蓋好被子。她在布萊恩俯身吻她時閉上眼，隨即像斷線的木偶般失去意識。

第二天，她從床上坐起後，茫然地望向窗外飄下的細雪，眼淚突然滑出眼眶。

她動也不動地呆坐著，任由眼淚流淌，直到布萊恩推開房門，將溫熱的早餐可頌放入她手中。

法雅吃掉了那個可頌，接著喝掉布萊恩遞給她的熱牛奶，但全然不記得它們的味道。布萊恩靜靜地看著她邊哭邊吃，什麼也沒說，只是將一條乾淨的手帕放在她身邊。

不知道過了多久，法雅隱約聽見布萊恩說他要出去辦事，於是輕輕點頭，但沒有力氣回答。

在他把門關上後，法雅把自己縮成一團，將臉埋入膝蓋上。

她感覺心裡彷彿出現一個巨大的空洞。自從有記憶以來，她一直把小她六歲的彼得放在首位，為了照顧他，她全心全意地學習、工作，在每一幢貴族宅邸裡盡力照料她的雇主……但現在，她不只失去了工作，最親愛的彼得也走了……

想到彼得一個人被葬在冰冷的墓裡，她就不住落淚。

她再也不能將他抱在懷裡，再也不能買好吃的點心給他，再也不能看到他純真的笑容……她甚至還沒來得及實現買下一個家一起生活的約定，他就走了，走的時候身邊連一個家人也沒有。

她好想再抱抱他，跟他說很抱歉沒能待在他身邊……

布萊恩回到房裡時，發現法雅無聲地蜷縮在床的角落，立刻大步走向她，撥開遮住面容的頭髮，發現她閉著雙眼，臉上還有未乾的淚痕，那脆弱的模樣令他一陣心痛。

布萊恩將晚餐放在床邊的桌上，輕輕抱起她，「法雅，起來吃點東西，好嗎？」

她睜開眼，用失去光彩的目光看著他，在他的大手支撐下坐了起來，接過晚餐後安靜地開始吃。

看見法雅願意吃東西，讓他多少鬆了口氣。但過不久，她便停下湯匙，轉頭望向窗外，意識再次遠去。

布萊恩從她逐漸傾斜的手中取走了湯匙，將她沒吃完的燉湯喝完。她吃下的量還不到他準備的一半，但她已再次閉上眼睛。

夜裡，雪下得更大。

法雅睡了幾小時之後，忽然醒了過來，腦海裡全是糾纏在一起的記憶和惡夢，等她發現自己在哭的時候，枕頭和鬢髮早已溼透了。

她翻過身，吸著鼻子躲進布萊恩懷裡，一隻沉重的手臂忽然伸向她，將她摟近。

她抬頭看著布萊恩的臉，他黑色的睫毛覆蓋著沉睡的雙眼，胸膛以平穩的節奏起伏，儘管在睡夢中，他的手掌仍輕輕在她背上輕撫。

她忍不住靠向他的胸膛，感受他規律沉穩的心跳包圍著她，終於感到安心地閉上眼，再次睡去。

接下來的日子裡，時間對法雅來說暫時失去了意義。

她睡著的時間比以往多出許多，過去數年拚命工作累積的疲勞和倦怠，這時全面反噬。她有可能在任何時間醒來，有時是下午，有時是深夜，而在她半夢半醒間，有時會發現布萊恩悄悄將她拉過去，溫柔地在她背上輕撫，或是輕輕撫過她的頭髮。

等她完全清醒後，布萊恩會把她抱到腿上，讓她多少吃一些東西。她知道他在擔心她，因此總是乖乖配合，儘管毫無食欲。

而在某些時候，她會在醒來時發現布萊恩不在房裡，但等她睡著後再次醒來，就會發現他已經回來了。

她不曾過問他去了哪裡、做了什麼。失去彼得的哀傷占據了她的心智，法雅能隱約感覺他的來去，但沒有餘力關心。

布萊恩明白失去至親的感受，所以沒有插手她的悲傷，而是選擇安靜地照顧她，打點好所有事務。

為她帶回溫熱的食物、新鮮的水果，以及偶然在街角花店裡看到的花束。

在她吃不下時，他會低聲鼓勵她多吃一些，同時默默記住她對食物的偏好，下次外出時盡可能找到她喜歡吃的東西，只希望她能再多吃一點。

某次外出回來後，布萊恩告訴法雅，舉發她是魔女、害她落入教廷手中的伯爵之子，已在上個月因為墜馬意外身亡。原本接受她照顧的老伯爵，也在她被帶走後沒多久便溘然長逝，她依然得到了伯爵想留給她的遺產，那數字對任何人而言，都是一筆不小的財富。

法雅安靜地待在他懷裡，麻木地聽著，彷彿這些訊息全都與她無關。

時間一天天過去，她漸漸地不再哭泣，也不再於半夜驚醒，但依然對未來感到茫然無措。她失去了最親愛的家人和一直以來的人生目標，而現在，似乎還嫁給了一個身分複雜的騎士。

在教廷裡度過的時光，此刻回首顯得有些不真實。

某天早晨醒來後，她發現布萊恩不在房裡，於是第一次自己打開了房門。

走廊上有個婦人正在埋頭打掃，看到法雅走出來時不由得面露驚訝。

「早安，夫人，需要什麼嗎？」

「請問……您有看到我的丈夫嗎？」

婦人眨了眨眼，接著和藹地笑了，「您不需要對我用敬語，夫人。布萊恩先生剛剛出去了，如果您需要早餐可以告訴我，布萊恩先生已經叮嚀過廚房，所有廚子都知道您喜歡的口味。」

法雅嚇了一跳，「妳知道他的名字？」

「這間旅館裡應該沒有人不知道他，夫人。」婦人微笑道，「您的丈夫非常關心您，而且他對我們的每個工作伙伴都很好，您有個很棒的丈夫。」

法雅心裡一暖，心想這確實是布萊恩會得到的評價。

「我暫時不需要早餐，謝謝妳。」法雅說，「妳知道我們入住這邊多久了嗎？」

「我想大約有一個月了，夫人。」

法雅微微愣住。

「夫人？您還好嗎？」

「……我沒事。」她按捺心中的驚訝，「謝謝妳。」

「不客氣，夫人。祝您有美好的一天。」

法雅回到房裡後，仍不敢相信時間流逝得如此之快。

這一個月以來，她讓悲痛占據了所有心神，而布萊恩在這期間一直照顧著她。

如同他所承諾的，帶著她平安離開教廷，全心地照顧她、保護她、守護她……

法雅突然深刻地明白，布萊恩愛她。如果對她只是一時的著迷，不可能會為她付出到這樣的地步……

她感到泫然欲泣，想見布萊恩的心情壓住胸口，使她幾乎喘不過氣，這份情感在他打開房門的那一刻瞬間釋放。

她跑向他，在他愣住時緊緊擁抱住他。

「布萊恩……」

他詫異地抱起法雅，語氣有些驚慌地問：「怎麼了？我聽旅館的人說妳在找我。」

她沒有回答，而是抬首吻上他的唇。

他的唇上帶著外頭寒冷的氣息，但她的吻讓它漸漸溫暖起來。

布萊恩小心翼翼地摟住法雅的腰，發現她像隻渴望橡果的小松鼠一樣，將手伸向他的外套，笨拙地想解開鈕釦，他的喉間突然發出一聲警告，同時握住她的手，迅速奪走了這個吻的主導權。

法雅感覺他像品嘗甜點般細細舔吻她的唇，接著舌頭驀然滑入口中，靈活地纏住她柔軟的小舌，挑逗地輕輕吸吮。她攀住他的肩膀，生澀但熱情地回應他的吻。

布萊恩一直用耐心壓抑著欲望，此時欲火被法雅的反應輕易點燃。

他一手捧著她的臉，另一手脫下身上的衣物，旋即把被吻得發軟的法雅抱起，大步走向床鋪。

法雅被放下後，睜著迷濛的雙眼，看見他迅速抽掉腰帶，脫下漆黑的長褲與底褲，露出兩腿間早已興奮昂揚的部位。

她無意識地屏住呼吸，不敢相信自己曾經將那樣巨大之物納入體內。

布萊恩走向法雅時，看到她吃驚地盯著看，不禁露出惡作劇的微笑。

「滿意妳所看到的嗎，夫人？」

法雅紅著臉不回答，在他拉起她的睡裙時乖巧地舉起手，讓他一把脫掉扔到地上。

除去她身上最後的衣物後，那雙大手旋即罩住她胸前挺立的柔軟。

「嗯……」

被所愛之人碰觸，最敏感的乳首也被指尖輕輕撥弄著，讓她忍不住發出細微的呻吟。

他對她的身體瞭如指掌，法雅只感覺他的手和唇在身上不斷游移，碰觸的每個地方都舒服得令她微微顫抖，乳首被他溫柔關照，他的手指也將花穴愛撫得不斷淌出蜜液。

察覺她的身體已經準備好了，布萊恩緩緩撤出手指，大手托著她的背讓她向後躺下，旋即俯身罩著她，將堅挺的部位移至她腿間。

他用強而有力的手肘支撐在她身側，手掌溫柔地輕撫她的頭，藍眼由上而下凝視她。

法雅仰望著布萊恩，感覺他的下半身以平穩的節奏開始擺動，將堅挺的肉棒一次次頂向她的穴口，無聲預告著等一下的入侵。

她努力承受每一次他滑過入口時帶來的刺激，抬起手抱住他寬闊的背，布萊恩也以手臂擁住她，閉上眼親吻她的唇。

當他的碩大終於來到正確的角度時，他的動作瞬間靜止。

「要進去了。」他低聲說。

法雅點點頭，在他碩大的頂部推入時，發出一聲忍耐的輕嚀。

「會痛嗎？」他一邊小幅度地抽送，一邊問。

「不會，可是……好脹……」

她皺著眉，被異物撐開的感覺令她紅了眼眶，雖然沒有第一次那樣疼痛，但他的尺寸仍帶給她巨大的壓迫。

布萊恩俯身吻了吻她，接著向下，找到她胸前的敏感一口含住，用舌頭徐徐愛撫，下身則開始加速抽插。

他的每一次進入都帶給她既刺激又溫柔的感受，法雅感覺體內逐漸形成一種張力，讓她忍不住抱緊他。

布萊恩注意到她的反應後，微笑著親吻她，同時挺入的動作變得更加猛烈。

「啊啊！布萊恩！」

突然加劇的快感令法雅顫抖起來，他的進入一次比一次更加深入，令她完全招架不住。

「嗚，不……不行……太、太快了……嗯啊……」

她的呻吟因他不斷的頂弄而顯得破碎，聽在布萊恩耳裡，成了最有效的催情劑，他毫不猶豫地在她體內馳騁，將她推上高潮後，抱著顫抖不已的她變換姿勢，接著繼續猛烈抽送。

法雅感覺今日的布萊恩和上一次不同。他的雙臂溫柔地抱著她，大手輕撫她的頭，令她感到無比安心和被愛惜著，但同時在她體內的攻勢卻毫不留情，每一次都像要將她狠狠貫穿一般，彷彿這些日子壓抑的欲望太過強烈，一得到宣洩就無法停止。

她被布萊恩溫柔的呵護和毫不留情的占有夾在中間，強大的快感還沒消退，就被推上另一波高潮，不禁被折磨得哭了出來。他吻去她的淚水，不斷改變姿勢進入她，像是怎麼要她都不夠，對她的深沉渴望與愛意從每個眼神、每個碰觸、每個吻不斷傳達給她，直達她的靈魂深處。

法雅同樣深深地渴望他，柔軟的身體以令他近乎發狂的方式回應，體內也以緊緻的柔軟包覆他的分身，讓布萊恩因強烈的快感閉上眼，在她上方發出滿足的喘息。

他的傷勢此時已近乎痊癒，在激烈的歡愛後，兩人體力上的懸殊逐漸顯現出來，她被做到身體完全沒了力氣，他卻仍游刃有餘。

「布萊恩……嗚、不行，真的不行……啊！」

法雅被他拉到身上，以騎乘的方式不斷頂弄，直到她再次高潮後，又被放回到床上，從背後狠狠占有。她的聲音越來越微弱，身體也累得無法動彈。

當布萊恩終於在她體內釋放，她精疲力盡地閉上眼，將臉埋在柔軟的棉被裡，卻發覺他握住她的腰，似乎想再一次將她拉近。她立刻掙扎著睜開眼，用手護住那被過度蹂躪的地方。

「不行，真的不行了……布萊恩……」

她的聲音無比虛弱，還帶著顫抖的哭腔，以含淚的雙眼看著他，絲毫沒有意識到這模樣有多誘人。

布萊恩不由得一愣，微微鬆開她的腰，忽然大動作地伸手將她整個人抱過去。

法雅被他突如其來的舉動嚇著，發出一聲害怕的尖叫，身體像幼貓一樣蜷縮起來，閉上眼睛嗚咽著抗議。

布萊恩笑著將她抱到懷裡，親吻她的額頭。

「這樣就受不了了？」

法雅發出「嗯……」的聲音，可憐兮兮地表達她真的需要休息。

發現布萊恩輕笑著撫摸她的頭，似乎沒有要再繼續做的打算後，法雅握住他的手，終於在他溫暖的懷抱裡安心下來，閉上眼感受高潮的刺激逐漸轉為安適的餘韻，並享受被布萊恩抱著輕撫的滿足感。

而布萊恩將臉埋入法雅頸窩，親吻她細緻的耳朵，低喃著讚美她的話語。

剛才的體驗帶給他無與倫比的愉悅和滿足，此時感受她柔軟的身體蜷縮在他懷中，忍不住撥開她落在臉上的金髮，凝視她閉著眼睛靠在他胸膛上的模樣，心裡升起一種不可思議的寧靜與喜悅。

「真希望我的體力能跟你一樣好……」

她喃喃地睜開眼睛，對上他深邃的目光。

「這可以慢慢訓練。」布萊恩對她微笑，「妳想要的話，我可以從教妳騎馬開始。」

法雅的眼神立刻帶上光彩，「我想學！」

他笑了出來，低頭將她的金髮別到耳後，「等妳的身體恢復，我們就去。」說著，他將法雅轉了個方向，讓她的臉頰靠著他的肩膀，大手則繞到她身後，輕輕按摩她的腰。

她在他碰觸到某一點時微微抽氣，「疼……」

「這樣呢？」

「呼嗯……」

舒緩的感覺逐漸取代痛感，讓法雅像孩子一樣安心地趴在布萊恩肩上，享受他的照料。

「布萊恩剛才出門做了什麼呢？」

「我去看了房子。」

「房子？」她詫異地抬起頭。

「妳告訴過我，想要擁有自己的家。」他緩緩道，「雖然妳原本的願望，是想要把彼得接過來一起生活，但現在……我想我們需要為了新的未來做打算。」

「新的未來……」

這意味著，一個沒有彼得的未來。

她忽然感到心裡一痛，但這份疼痛已經縮小到能夠忍受，不再完全占據理智。

布萊恩說得沒錯，她該往前走，而且現在有布萊恩陪著她。這些日子以來的相處，讓她已經能想像未來與他一起生活的樣貌，無論搬進什麼樣的屋子，她都相信他們能展開美好的生活，只要身邊有彼此相伴。

「那麼，你有看到喜歡的房子嗎？」她問。

「嗯，我有找到一棟有點特別的建物。」

他的措辭引起她的好奇。

「什麼意思？」

「難以說明，我想直接帶妳去看會比較好。」他說，「那棟房子妳應該會感興趣。」

他的語氣帶著保留和一絲神祕，表情也顯得深不可測，令法雅更為好奇。

許久沒有出門使她產生立刻想要布萊恩帶她去看的衝動，然而只不過輕輕一動，腰部和私處就傳來難受的疼痛，令她吃驚地整個人僵住。

布萊恩臉上閃過愧疚，轉身取來藥膏，以溫柔的手掌為她推開疼痛，抱著法雅聊了一會，這才帶著她去沐浴。

最後兩人一起坐在床上，享受旅館為他們準備的早餐，以及只屬於兩人的美好時光。

兩天後，布萊恩帶著法雅騎上馬背，沿著彎曲如弓的小河，前往弓河郡的另一頭。

冬日的陽光灑落在河面上，映射出點點波光，河畔是一片風景優美的原野，偶爾有拱形小橋越過河面，通往對岸的小村莊。

法雅靠在布萊恩胸膛，環顧四周寧靜美好的景致，表情逐漸染上困惑。

「你說的房子在……？」

「很快就到了。」

布萊恩說著，策馬騎上一座小山丘，示意她往右手邊看。

一看見座落在樹蔭環抱中的那幢巨大的木屋，以及在門口跑來跑去的十幾個孩子，法雅驀然睜大雙眼，認出那是她曾和彼得一起度過數年時光的孤兒院。

布萊恩帶著說不出話的法雅下馬。他身上穿著黑色的騎士裝束，一身輕鎧與披風令他的身分昭然若揭，而法雅則穿著他從街上為她買回的雪白長裙與白色斗篷，整個人彷佛雪地裡的精靈。

當他們走近時，孤兒院的孩子們個個睜大了眼睛，停下玩耍的動作，呆呆地盯著他們。

「是、是騎士大人！」

「哇——真的是騎士欸！」

「騎士大人帶公主殿下來救我們了！」

小孩子尊敬的語氣和閃閃發亮的眼神，彷佛看見了從童話裡走出來的人物一樣，充滿了純粹的崇拜和驚嘆。

男孩子忍不住跟在布萊恩身後，伸手想去摸他的鎧甲、卻又不敢摸。女孩們也緊緊跟在法雅的裙邊，晶亮的雙眼盯著她和布萊恩直瞧，雙手彷彿祈禱般握在胸前。

這讓法雅想起，自己也曾經日日祈禱著，盼望有一天能有騎士大步踏入孤兒院，解救他們。

兒時的夢想與眼前的現實逐漸融合，她發現布萊恩輕摟著她的腰，兩人一起步入陰暗的屋內。與陽光普照的室外相反，屋內傳來令法雅感到熟悉的陳腐氣息，欠缺清掃的大廳頂部長著蜘蛛網，被灰塵染得看不出原色的地毯下，有好幾處地板微微下陷，若不小心踩過，木板便會立即發出可怕的聲音。

孩子們置身在這樣的空間裡，眼裡的光彩都變得黯淡，好幾個顯然營養不良的幼童更是遠遠躲在角落，看著突然到訪的兩人。

法雅忍不住握緊布萊恩的手，有種當初走進布萊恩病房時，那種壓在胸口處的窒息感受。

一個老人察覺他們的到來後，緩緩從一扇門內走出來迎接，很快就認出布萊恩，

「啊，您就是前幾日來拜訪的騎士大人吧。」

「我帶我的妻子來看看。」

「午安，夫人。」老人朝法雅微笑，「非常歡迎您的到來，請您隨意逛，不用客氣。」

法雅點點頭，發現老人似乎是這裡唯一的管理者。他的態度和善有禮，臉上掛著溫暖的微笑，但顯然已經無力照顧如此龐大的設施和數量眾多的孩子，也許這就是他需要出售這裡的原因……

法雅環顧屋內，沒有見到任何熟識的面孔，當初的管理者和孩子們都已不知去向，但她深刻地記得這棟建築物。她的目光掃過每一處，喚醒腦海裡的記憶，依循著童年的印象往孤兒院深處走，爬上了一道看起來荒廢已久的階梯。

布萊恩謹慎地走在法雅身後，留意她每一步登階的步伐，護著她抵達二樓。一間寬闊的房間驀然出現在眼前，數面巨大的窗戶圍繞著他們，但每一扇都被厚重的窗簾掩蓋。

屋頂在他們頭頂傾斜著向上延伸，在最高處開了一小扇頂窗，午後的微光從那裡輕輕灑落，照亮房裡整齊排列的數十張小床。每一張床的床架上，此時都只剩下薄薄的木板，上頭堆積著厚厚的灰塵，看來老人為了照顧方便，將孩子們居住的場所移至一樓，所以這裡已然荒廢。

法雅的腳步緩緩走向其中一張床，輕聲道：「這是我小時候睡的地方。」

接著，她轉身繼續往前走，來到另一張床邊，手指輕輕撫上布滿灰塵的床架，「這張……是彼得的床。」

兩張床的距離相隔了三個床位。顯然當時的孤兒院人滿為患，管理者沒有心力多作安排，因此即使親姐弟也沒能被安排在一起。

「那時候，彼得一直是這裡最瘦弱的孩子，所以老是被欺負。我努力把他帶出孤兒院，才終於可以看見他的笑容，但是……為什麼還是……」

法雅低下頭，一滴眼淚落到了床板上，留下深色的水痕。

布萊恩輕輕環過她，安慰地輕撫她的背。

她擦了擦眼淚，抬頭對上他的目光，「你妹妹過世的時候，你是怎麼撐過來的？」

「我花了好幾年，用打架鬧事麻痺我自己，直到約納主教發現我，給了我工作和生存的意義。」他說，「但我不覺得那時我有真正走出來，一直到現在，我才終於能真的放下她。」

「為什麼……你是怎麼做到的？」

「我受重傷之後，曾經有一段時間非常接近死亡，因此有好幾次，我見到了人們口中說的，死後會看見的那道白光。那一點也不可怕，反而非常平靜，我能從光裡感覺到死去的家人，包含我妹妹和過世已久的雙親。我看不見他們，但我能清楚感覺到，他們在光裡充滿喜悅、寧靜和愛地凝視著我，就像是在等我加入一樣。我始終無法進入光裡，也無法真正甦醒過來，只能不斷徘徊在黑暗中，直到妳的手碰觸到我……把我拉回這裡。」

「我阻礙了你們團聚嗎？」她含著淚問。

「不是的。我本來就還不屬於那裡，或者說，我的時間恐怕還沒到。」他說。

若非如此，他就沒有機會遇見法雅，而她也會因為魔女的罪名遭到火刑。

「所以，我想彼得現在應該也在那道光裡，和妳的其他家人在一起，等待有一天能夠與妳團聚。」

布萊恩的目光平靜地凝視她，顯示他並未為了安慰她而捏造記憶。

法雅忍不住問：「你說那道光裡充滿了喜悅？」

「對，我不知道要怎麼形容比較貼切，但那道光給我的感覺很接近所謂的天堂。」他說，「無論如何，那顯然是個比這裡好上許多的地方。」

她想像著那道光，想像彼得和他們的父母親在一起，臉上洋溢著喜悅，一起在光裡等待她，終於露出釋然的微笑。

鬆開緊握著床架的手，法雅轉身擁抱布萊恩，「謝謝你……」

他深深回抱了她，手掌貼著她的背溫柔地來回輕撫。

「樓下的查德先生說，這座孤兒院遲遲無人接手，他也無力繼續經營，因此他希望把這棟屋子賣出去。」他低聲說，「等房子賣出後，他準備把錢和這裡的孩子一起轉手給其他孤兒院，希望他們能繼續照顧孩子們，直到他們被領養，或是長大到能夠自己維生。」

法雅聽完，忽然問：「你說伯爵留了一筆錢給我，那足夠支付需要的費用嗎？」

「足夠買下這裡，把內部重新裝潢、添購新的家具，外加雇用好幾個僕人。」

「但我不想雇用僕人，也不想送走孩子們。」法雅說著，抬起頭，「我們可以經營這座孤兒院嗎？我想把這裡變成更好的地方，看見孩子們健康快樂的笑容……」

布萊恩露出微笑，「我就知道妳會這麼說。」

「這意思是……你同意了？」

「妳不需要我的同意。」他回道，語氣彷彿這是理所當然的事情。

「身為妳的丈夫，我支持妳去做想做的任何事。」他牽起法雅的手，「再加上，我跟妳一樣痛恨管理不當的孤兒院，妳一定能讓這裡變成更好的地方。」

「但我一個人的力量有限，我需要你的幫助。」她小聲說。

布萊恩微微一笑，俯身朝她行了騎士禮，親吻她的手背道：「隨時恭候夫人差遣。」

孤兒院在布萊恩與法雅的同心協力之下，逐漸改頭換面。他們聘請了人手幫忙維持孤兒院運作，其中包含管家、女僕與一位優秀的廚子。

五個月後，他們徒步走到孤兒院附近的小禮拜堂，在快樂孩子們的圍繞和祝福聲中正式結為夫妻。

婚禮當日，有個不速之客造訪了孤兒院。更準確來說，對法雅來說是不速之客的男人，卻是布萊恩許久未見的昔日下屬。

他為這對新人帶來國王的信。

信上以迂迴的方式譴責布萊恩無視了數封信件，以致國王必須派出優秀的下屬親自來找人，並送出這封信。最後以直截了當的方式宣告，布萊恩將受封爵位，要求他火速回到王城覲見，並強調務必攜夫人出席。

法雅為了信上的內容吃驚不已，接著發現更令她吃驚的是，身旁兩個男人都對信上的內容絲毫不感驚訝。

布萊恩只說：「我不需要爵位。」

褐髮的不速之客則說：「這你恐怕得當面去跟陛下說。」

「法雅剛懷了身孕，不能長途旅行。」

「恭喜夫人。」不速之客轉向法雅，露出一抹微笑。

他雖然體格高大，但看起來似乎性格溫厚，微微下垂的眼角也使他的微笑更加溫和，令法雅聯想到溫馴的大型犬。

「還未自我介紹，我是理查，之前曾受國王陛下之命，在教廷裡擔任布萊恩大人的輔佐官。」他說。

法雅點點頭，朝他露出微笑，「你好，我是法雅。」

「夫人曾經到過王都嗎？」理查問。

「恐怕還沒有這樣的機會。」她小心地回答，同時看向布萊恩。不知為何，她感覺他似乎一點也不想去覲見國王。

理查和她有同感，跟著看向布萊恩，「陛下承諾會派最好的馬車過來，事實上，三天後你就會見到馬車駛過這片平原。我會請他們為夫人多準備舒適的軟墊，如果你到時候讓那可憐的車夫無功而返，我想陛下會非常非常失望……」

法雅看著布萊恩的表情，發現他對於國王的表彰似乎並不關心。

她忽然想起之前曾在旅館桌上看到信件，最近也有信會寄到孤兒院來。由於沒有人會寄信給她，所以信件向來都是布萊恩負責處理，而她一直沒過問那些信是從哪裡來的，得知其中可能有不少是國王寄來的信後，她實在是大為震驚。

「為什麼……」法雅困惑不已地來回看著眼前的兩位男人。

「夫人請問，我非常樂意為您說明。」理查殷勤地說。

布萊恩對他怒目而視，「閉嘴。」

法雅不曾看過布萊恩使用這個字眼，顯得有些意外，但理查似乎早就知道會惹怒他，因此感到有趣似地刻意為之。

法雅有些不解地凝視理查，他則保持微笑地看著她，一副無論她說什麼，都相當樂於為她解答的模樣。

法雅心裡確實有很多問題想問，但布萊恩告訴她的事情太少，而她太過信任他，因此幾乎不過問他的事，導致不知該從何問起。

「這邊有幾本書可以給夫人看看，看完之後應該就能明白了。」

理查說著，從懷裡掏出幾本手掌大小的書冊。布萊恩立刻一把奪走，但法雅已看見了書名的關鍵字。

「……是小說嗎？」

「事實上，是以『布萊恩大人從教廷手中，救回被指控為魔女且差點遭處死的妻子』為主題的小說。」

法雅茫然地看著理查。

理查意圖搶回書本，但布萊恩沒有給他任何機會。他於是無奈地笑了笑，對法雅解釋：「自從布萊恩大人帶著妳離開教廷後，你們的愛情故事就成為人們最熱愛的話題，而且迅速傳遍全國。目前已經有十三本以此為題材的小說問世，我的妻子也收藏了其中幾本，她非常希望在你們抵達王都時能見見你們。」

法雅喃喃道：「我們的……愛情故事？」

「目前大眾最喜歡的故事版本是這樣的。」理查清了清喉嚨，「布萊恩大人身為教廷最受人景仰的聖殿騎士團長，在重傷昏迷期間，受到未婚妻無微不至的照料，因而深深愛上了她。但教皇為了將姪女嫁給英勇善戰的布萊恩大人，因此不擇手段想除掉可憐的未婚妻，甚至聯合審判庭汙衊她為魔女，意圖將她處以火刑。

「憤怒的布萊恩大人知道後，決定將正義之劍指向教皇，一舉揭穿他與審判庭邪惡的所作所為，幫助國王陛下的騎士團進入教廷，將教皇與審判庭裡的高階神職人員盡數押上囚車，移送到王都法庭接受公正審判。最後布萊恩大人終於帶著心愛的女子策馬離開教廷，浪漫又英勇的舉動擄獲全國無數少女的心……」

「夠了。」布萊恩說。

「我還沒說到重點。」理查道。

「由於布萊恩大人英勇無畏地對抗教廷，不只拯救了愛人，也讓教廷數十年來無限擴張的勢力得到遏止，徹底拔除審判庭的存在。從此世人再也不用懼怕無端被指控為魔女，也不用活在教廷權力的陰影中。國王為了感謝這位英勇的騎士，決定授予他貴族頭銜及豐饒的土地，以表彰他顯赫的功績，故事在這裡宣告結束。但布萊恩大人遲遲不願意接受封賞，所以目前現實情況卡在這邊。」

法雅吃驚地看向布萊恩，「這些都是真的？原來我錯過這麼多？」

布萊恩皺著眉，「對我來說，最重要的是妳。我只想和妳一起生活，其他事情一點也不重要。」

他無意間的告白令法雅心裡一暖。她沒有想到，布萊恩所做的一切對外界帶來這麼大的影響，甚至能撼動教廷的根基，對人們的生活產生如此重大的意義。

因為他，再也不會有人像自己一樣被視為魔女，再也不會有人無端失去生命。

「你現在是大家的英雄。」法雅輕聲說，握住布萊恩的手，「無論你願不願意接受封賞，我覺得你都應該去王都覲見陛下。」

「夫人說得沒錯。」理查連連點頭，「而且陛下也說，非常想見一見讓布萊恩大人淪陷的女孩。」

布萊恩給了他一記冰冷的眼刀，「回去告訴他，我會去王都。」語氣明顯想趕緊把理查打發走。

「還有？」理查滿臉期望地說，同時暗示地瞥向法雅。

「……我會帶法雅一起去。」

「太好了。」他笑咪咪地回到馬背上，「我會在王城等你！不見不散！」

布萊恩深呼吸，終於送走了他的下屬。

雖然理查的真實身分其實是一名子爵，也是國王少數信賴的親信，但布萊恩從來沒有把他當成貴族看待，就像理查恐怕也從來沒有真的把他當上級看待。比起上下級，他們或許更接近同僚和朋友。

周圍一直乖乖保持安靜的孩子們，這時不約而同地望著理查的背影，目送他愉快地消失在山丘那頭。

「奇怪的騎士走了。」

「他走了。」

語氣顯得有些失落，彷彿有趣的好戲結束了。

法雅轉頭望入布萊恩有些分神的藍眼，「你怎麼都沒有告訴我？」

他回過神，面露疑問，「告訴妳什麼？」

「我的丈夫是如此勇敢、有魅力、受到全國愛戴的騎士。」

布萊恩的藍眼裡閃過詫異，接著微笑著摟過她，嘴唇輕輕刷過她的耳朵，「夫人，我以為妳早就知道了。」

法雅敏感地縮起肩膀，欣慰地發現，在理查離開之後，他的情緒似乎變得比較放鬆了。

她抬頭看著他，「為什麼你看起來一點也不開心？你不希望成為貴族嗎？」

「我不需要頭銜和領地。」他說，「我看過太多貴族私下與教廷勾結，指控妳為魔女的那些貴族只是冰山一角，我無意成為他們的一員。」

「也有為人很好、很照顧領民的貴族。」法雅說，「而且這國家恐怕需要更多像你一樣的貴族，說不定國王陛下也是這樣想的。」

布萊恩懷疑地看著她。

「我是平民，我根本不知道怎麼當個貴族，更別說管理一片領地，我連正確的餐桌禮儀都不知道。」

法雅眨了眨眼，發現他心裡似乎藏著不安，只是被種種情緒所掩蓋，恐怕連布萊恩自己也沒有察覺。

她忍不住伸出手，溫柔地碰觸他的胸口。

「你一點也不需要擔心這些。」她微笑著說，「我沒有見過誰比你還要值得尊敬，你的靈魂比我認識的所有貴族都要堅強、高貴且無私，無論你是騎士或貴族，我都深深愛著你。」

布萊恩的心跳在法雅的碰觸下微微加速。

假如他成為貴族，她也將成為貴族夫人，而她似乎會比他還要更快適應隨之而來的一切。

「我會需要妳的幫助。」他說。

法雅點點頭，「無論發生什麼事，我都會在你身邊支持你。不管其他人怎麼看你，你永遠都是拯救了我的英雄。」

「妳也是救了我的英雄。」布萊恩俯身親吻她，輕聲道，「而我永遠會是屬於妳一個人的騎士。」

——《聖殿騎士的暗夜征服》完

——《聖殿騎士的暗夜征服》全系列完

後記

哈囉，我是作者初雲，感謝你看到這裡！希望你度過了一段不錯的閱讀時光！

這個故事算是我第三本TL向（BG R18向）的故事。

第一本是以傳奇海盜擄走貴族少女為主題的《海上惡魔的午後甜點》，第二本是以救了狼人的牧羊少女為主題的《狼人子爵的甜美獵物》，這次則是被指控為魔女的少女與傷重的騎士互相拯救的故事。

我喜歡嘗試不同主題的故事，每個故事都設定為單本完結，但時代背景都設在同一個簡單易懂的世界觀裡，所以就算以後不同本書的主角彼此相遇或到新作品串場，也不會有太大的衝突。

有時候我有點偷懶，就會稱呼這些故事為海盜本、狼人本、騎士本，這個系列接下來會繼續增加，之後也想嘗試更多不同主題類型的R18戀愛故事！

說起來有點不好意思……一直以來我都有收集讀者感想的習慣，閱讀大家的感想是我日常生活中最開心的事之一，所以在這篇後記的後面，我們設計了一份感想表單，歡迎你掃描連結之後留下回饋給我！每一份表單我都會認真看過，作為答謝，當你送出表單之後，就可以得到一篇四千多字的番外篇喔。

感想表單中有一欄是許願池，如果你有想看的任何故事主題或設定，都可以寫在那裡告訴我，或是從**FB**、**IG**、噗浪之類的地方私訊我也可以，滿多讀者會在看完書之後跑來留言給我，我看到的當下就會回覆的！

話說回來，寫這本書的時候有幾件事滿特別的，想稍微紀錄一下。

當初編輯是看了《海上惡魔的午後甜點》後寄信向我邀稿，我給了她三個不同的故事大綱，騎士本是其中之一。所以這本的大綱早在去年就寫好了，但一直到今年初寫完狼人本之後，我才真正開始撰寫騎士本，這時距離大綱完成的時間已過了將近一年。

因此實際撰寫之後，我改了滿多地方的，像是原本大綱裡完全沒有彼得這個角色，思考後決定加入彼得，故事主線也因此變得更鮮明了。理查也是後期加入的人物，作為國王和布萊恩之間的橋梁。我很少會在完成大綱之後過這麼久才動筆，這應該是第一次，所以覺得滿有趣的！

還有另一點是，通常我都是寫完稿子之後才拿到配圖，但騎士本的封面圖和插圖比我的內文還要早完成，所以我請編輯先把繪師四三老師的圖稿傳給我，我再根據圖去做描寫。

結果收到圖的時候，發現有好多玫瑰花！封面和內頁都有！大綱裡完全沒有提到玫瑰，不過想想，玫瑰跟這故事好像滿搭配的，不知道是編輯還是四三老師的點子，總之Good Job！所以我在寫稿時就把玫瑰的元素融進了故事裡，稍微在幾個地方都帶到了一點，剛好我家院子裡的玫瑰這幾天也在滿開，每天出門時都會多看看她們。故事裡的

床戲部分，我也有一邊參考插圖一邊描寫，希望大家在閱讀時能圖文搭配著享受，若能得到更好的閱讀體驗就太好了～

特別想談談封面的部分，我很喜歡封面上布萊恩抱著法雅的方式。他一手捧著她的臉頰，讓她的頭輕輕靠在他肩膀上，另一手則充滿保護性地摟著她的腰，並且低下頭以臉頰碰觸她的額頭，這不是那種漫畫小說封面常見的粗暴掠奪型抱法，而是非常親密且細膩的。

法雅依偎在布萊恩懷裡的方式也很棒，她一手停留在他胸口上，無聲地透露出她對他的依賴，另一手則回應地碰觸布萊恩停留在她腰上的指尖，光從動作姿態，便能讓人感受到他們之間的關係和張力，這是我覺得四三老師很厲害的地方！尤其繪圖工作進行時，繪師和編輯手上只有我提交的少少兩千字大綱跟人設，能完成這樣的圖真的很厲害，我想編輯的溝通也功不可沒。

另外布萊恩戴著手套的手看起來也格外性感，手指插入法雅柔軟的金髮裡時，髮絲稍微蓋住指尖的細節也很棒。兩人的神情、手掌大小的對比和衣服細節等等，都值得細細品味，是一張能盯著看很久的圖，收到圖的時候，我記得我跟編輯說：「看起來好像電影海報！」

非常感謝編輯、繪師四三老師、參與這本書製作的每一位辛苦的工作人員，還有購買了這本書的你！很開心能受到這麼多人的照顧，這故事才能順利與你們見面。

寫這篇後記的時候，我們剛邁進每天確診數突破一萬人的階段，不知道在你閱讀的這個當下，疫情進展如何呢？衷心希望你能健健康康、平平安安，在這疫情時代除了謹慎防疫以外，也別忘了保持生活愉快，好好照顧自己，偶爾花點時間為生活裡的小勝利和小驚喜喝采。那我們下一本作品再見囉！

初雲

填答問卷，即可獲得獨家番外←

問卷網址：https://forms.gle/Ungr1n8gCusPEMDL9

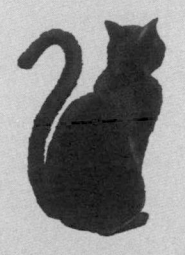

高寶書版集團
gobooks.com.tw

ER07

聖殿騎士的暗夜征服

作　　者　初　雲
繪　　者　四　三
編　　輯　薛怡冠
校　　對　林雨欣
美術設計　陳思羽
排　　版　彭立瑋
企　　劃　黃子晏

發 行 人　朱凱蕾
出　　版　三日月書版股份有限公司
　　　　　Printed in Taiwan
地　　址　臺北市內湖區洲子街88號3樓
網　　址　www.gobooks.com.tw
電　　話　(02) 27992788
電　　郵　readers@gobooks.com.tw（讀者服務部）
傳　　真　出版部　(02) 27990909　行銷部 (02) 27993088
郵政劃撥　50404557
戶　　名　三日月書版股份有限公司
發　　行　英屬維京群島商高寶國際有限公司台灣分公司
　　　　　Global Group Holdings, Ltd.
初版日期　2022年8月

國家圖書館出版品預行編目(CIP)資料

聖殿騎士的暗夜征服/初雲著.-- 初版. -- 臺北市：
三日月書版股份有限公司出版：英屬維京群島商
高寶國際有限公司臺灣分公司發行, 2022.08-
冊； 公分. --

ISBN 978-986-0774-98-6(平裝)

863.57　　111006011

三日月書版

三 日 月 書 版

GOBOOKS
& SITAK
GROUP©

GOBOOKS
& SITAK
GROUP©